「ちゃんと名前で呼べたらキスしてやる」

　稜は慌てて顔を上げて伊崎を見る。至近距離で視線がぶつかって、慌てて逸らす。

「ほら、早く呼べよ」

　揶揄うように云って大きな手が稜の頬に触れた。稜の背がびくりと震える。

夏の残像

CROSS NOVELS

義月粧子

NOVEL:Shouko Yoshiduki

奥田七緒

ILLUST:Nanao Okuda

CROSS NOVELS

CONTENTS

CROSS NOVELS

夏の残像
第一話
7

夏の残像
第二話
187

あとがき
239

CONTENTS

夏の残像《なつのざんぞう》

［第一話］

CROSS NOVELS

櫻澤稜《さくらざわりょう》は、会社が入っているビルのエントランスの壁面ガラスに映る自分の姿をちらりと見て、くいっとネクタイを直した。

ウエストラインを少し高い位置でシェイプしたブリティッシュスタイルのスーツは、細身の彼によく似合っている。このスーツはこの日のために新調したものだ。彼の安月給ではかなり無理をした買い物だったが、就職して初めての大きな企画の初陣《ういじん》ともなれば、多少の気負いは許されるだろう。

全身をチェックしながら、ふと耳の下に残る小さな傷痕に目を留めて形のいい眉を寄せた。

「もうあんま目立たないよな…。ったく、あの野郎」

男同士の痴話喧嘩に巻き込まれて、浮気相手だと勘違いされて殴られた痕だ。

思い出してもむかつくが、同時に羨ましくもあった。嫉妬して浮気相手を殴りたくなるような恋愛を、もう長いことしていない気がする。特にこの半年ほどは休日出勤が日常になってしまっている忙しさで、恋人どころではなかった。

コンパの誘いはけっこうあったし、社内の女性からもそれとなくもててはいたが、相手が女性では彼にとって対象外だったのだ。そうかと云って、社内恋愛できるような男性社員も見あたらない。

深いこげ茶のスーツに薄いクリーム色のシャツを合わせると、ややきつめの目元が印象的な稜の容貌が少し和らいだものになって、好感度が上がっていた。それでも黙って立っていると何となく声をかけにくい空気が出ている。

ふと、その彼の顔が和らぐ。その視線の先に二人の女性の姿があった。

「お待たせ」

先に声をかけたのは、彼の上司にあたる企画部長の山戸沙耶香《やまとさやか》だ。

「おはようございます」

笑うと意外に人懐っこい顔になる。

「おはよう。櫻澤くん、朝食べてきた？」

「いえ。これ、新幹線の中で食べようと思ってサンドイッチ買ってきました。お二人の分もありますよ。例の悠子《ゆうこ》さんお気に入りのパン屋のです」

そう云って、持っていた紙袋を見せた。

「まあ。さすが、気が利くわね！」

もうひとりの上司の相田《あいだ》悠子が、嬉しそうな声を上げて沙耶香を見る。

「沙耶香さん、例のお店ですよ。今イチオシです」

「あら、悠子ちゃんのお勧めなら期待できそうね」

「絶対です。ここのライ麦パンのサンドイッチは絶品！」

「それじゃあ私が二人の分も奢《おご》るわ」

「え、いいんですか？」

「二人にはこれからも頑張ってもらわないといけないから」

そう云うと稜を見た。

「櫻澤くん、いくらだった？」

「では遠慮なく」

稜は最初からそのつもりだったらしく、にっこりと微笑んで沙耶香にレシートを渡した。

その店は稜のアパートから比較的近いところにあるため、悠子たちに頼まれて何度か出勤前に買っていったことがあった。そうでもなければ、一人分が千円近くもするサンドイッチなど稜が自腹で買うわけがない。

彼らの会社はクラシック専門の音楽事務所だ。国内外の著名な音楽家たちとマネージメント契約をしていて、レコーディングや演奏会の企画を行っている。

社長が代々の資産家なので自社ビルが銀座にあるが、社員の給料は都内で暮らしていくにはかなりぎりぎりだ。それでも給料は二の次で音楽関係の仕事に就きたいという音大出の令嬢が社員の殆《ほとん》どだったため、安月給に関しては特に不満は上ってなかった。

稜は彼女たちのように実家が裕福で援助してもらえるというわけではなかったが、年上女性受けがよかったこともあって、先輩や上司に食事を奢ってもらったりして、何とか少ない給料でやりくりしていた。

沙耶香や悠子にしても親族が経営する会社の株の配当金で優雅に生活していて、稜はよく彼女たちにご馳走になっていた。

沙耶香はちらと稜に目をやると、ふっと微笑んだ。

「気合入ってるわね」

「まあ、いちおう」

ベージュのキャリア・スーツでいかにもやり手に見える彼女は、二児の母親でもある。大きなクラシックの演奏会をいくつも成功させてきた手腕は業界内でも知られていて、今回の稜の企画も彼女の助力によるところが大きいと思われていた。留学で培《つちか》った語学も堪能で、海外の演奏家とのパイプ役としても欠かせない存在だ。

「いいスーツじゃない。よく似合ってるわ。相変わらず男前で」

悠子はそう云って微笑んだ。彼女は稜と組んでこの企画をプロデュースしている。稜よりも七年先輩で、演奏家や楽曲に関しての知識の豊富さは社内でも一、二を争う。稜にとっては頼りになる智恵袋だ。

「やっとここまできたわね」

悠子の言葉に、稜は深く頷《うなず》いた。

彼が入社前から描いていた企画が、この日から本当の意味で動き始めるのだ。

このイベントに向けて彼らが本格的に動き始めてもう二年たつ。その前の準備期間を入れれば、その倍の時間はかけている。

「ベースは固まったけど、これからは役所や他の会社との調整がひと苦労ね。本番までもう一年切ってるんだから、かなりきついわよ。覚悟しときなさい」

「沙耶香さん、脅さないでくださいよ」

「とにかく舐められないことね。どこも自分とこの都合ばっかり云ってくるから、そんなものをいちいち聞いてちゃダメよ」

「…はい」

稜はちょっと緊張して答える。そんな彼をちらと見て沙耶香はふっと笑った。

「ま、きみは意外とはったりが利くから心配はしてないけど」

沙耶香の言葉に稜は苦笑して、呼んでおいたタクシーに乗り込んだ。

会場となるA市までは、東京から新幹線と在来線を乗り継いで三時間近くかかる。

市の文化センター内の多目的ホールで催されたレセプションには、多くの関係者が詰めかけていて、既《すで》にあちらこちらで名刺交換が行われている。

稜は、今回のプロジェクトの中心となる市役所の文化振興課課長の姿を見つけると、沙耶香たちを彼に紹介した。

「駒田《こまだ》さんでしたね。櫻澤がいつもお世話になっています」

「こちらこそ。お二人に会うのを楽しみにしていました」

美女二人を前に、駒田は嬉しそうに笑う。

「あ、ちょうどいい。スポンサー企業の方が見えているので、紹介しておきましょう」

駒田の視線の先には、濃紺のスーツ姿のグループがあった。メインスポンサーとなる、飲料水メーカーの社員たちである。

「ありがとうございます」

沙耶香が微笑んで駒田と並んで歩く。稜は慌《あわ》てて彼らの後を追った。

スーツ軍団はにこやかにビジネススマイルを浮かべて、沙耶香たちと名刺交換を始めた。稜は相手の顔をろくに見ずに、急いでポケットから名刺入れを取り出す。

「元山《もとやま》音楽事務所の櫻澤です」

緊張して名刺を渡そうとすると、相手の男の顔からビジネススマイルが消えた。

「櫻澤…？」

思わず顔を上げた稜は、その男に気付いた。

「え…」

一瞬、心臓が止まるかと思った。

まっすぐで真面目そうな視線、整った容姿にさっぱりした短髪。長身でガタイもよく、スポーツマンタイプのもて男の見本のようだ。

「…伊崎《いさき》か？」

伊崎と呼ばれた男は、露骨に不快そうな目で稜を見ていた。稜はその視線の意味にすぐ思い当たった。

「あら、お知り合い？」

沙耶香が二人に気づくと、伊崎はすぐにさっきのビジネススマイルを取り戻した。

「ウェッジ広報課の伊崎です。櫻澤さんとは高校が同じでした」

稜の方をまったく見ようとしない。

「まあ、お友達なの」

「とはいえ、クラスも違ったし部活も別だったので…」

暗に友達ではないと云っているのだ。実は同じクラスだったこともあるのだが、伊崎はそれを忘れたいと思っているのだろう。かつて稜が伊崎祥久《よしひさ》に対してしたことを思えば当然だと、彼自身思っていた。

稜が自分のことをゲイだと自覚したのは、中学生のころだった。

好きになるのはいつも同性だったし、いいなと思う芸能人も男ばかりだった。試しに買ってみたゲイ雑誌で興奮して射精した。そのときは何となく後ろめたかったが、そういう気持ちは長くは続かなかった。それよりも興味の方が先だった。

雑誌やネットで情報を集め、あるサイトで知り合った友達に誘われて、年齢をごまかしてその手のクラブに出入りするようになる。最初のころはそれなりに警戒もしていたのだが、数回通ううちにだんだん雰囲気にも慣れてきて、いかにもてそうなイケメンにあっさりとお持ち帰りされてしまった。

そのころの稜は、どこにでもいる男子中学生と同じようにエロいことしか頭になかった。ただその対象が同性に向けられていただけのことで。そんな調子だったので、経験したばかりのセックスにすっかりハマってしまった。

その相手のことが好きになったわけではないが、彼との関係は簡単に切れそうになかった。そのころから、稜は男に抱かれることが気持ちがいいことだと受け入れていたのだ。

学校では同級生と変わらない顔をしていても、学校を出たあとの顔は別だった。稜はそれを器用に使い分けていた。

そしてそのことで後ろめたさを感じることはなかった、あのときまでは。


伊崎とは高二のときに同じクラスになった。

二人は特に仲が良いというわけではなかったが、他のクラスメイト数人と一緒に放課後に遊ぶ程度には付き合いはあった。とはいえ、伊崎はたいていは同じバスケ部の連中と一緒に居て、稜とは個人的に話をしたことはなかったのだ。

「あ、また伊崎だ」

よく一緒につるんでいる野村《のむら》が、そう云って稜をちらと見る。

「え？」

「あいつ、最近なんかよく俺らの方見てんだよね。もしかしたら、伊崎っておまえに気があるんじゃねえか？」

「…まさか」

稜は僅かに狼狽《ろうばい》したが、それは顔には出さずに返す。

「おまえさ、なんか俺らにはわかんねえフェロモン出してないか?」

「出してねえ。ていうかさ、なんで伊崎がホモになってんだよ」

そう云って稜は苦笑する。

一年のときからの付き合いの野村は、稜がゲイだということを知っていた。稜自身が特に隠していたわけではなく、最初は戸惑っていた野村たちもそのうち慣れてしまったようだ。

「だってあいつ、あんなにもてるのに彼女作らないんだぜ」

伊崎はバスケ部のエースで、強面《こわもて》だがかなりの男前で女子には当然もてる。しかし面倒だとか云って、ずっと彼女らしい相手は居なかった。

「部活で忙しくて時間ないんじゃねえか」

「それとこれとは別だろ」

「じゃあ居ないってことにしてるだけかもね。そしたら二股かけるとき便利だろ?」

「えー、あいつそういう奴か?」

「知らねえよ。けど、おまえのホモ説よりよっぽど信憑性高いと思うけどな」

稜はそう云って笑う。

実は野村に指摘されてちょっと焦《あせ》ったのだが、最近伊崎とよく目が合うのは確かなのだ。しかしそれは伊崎が彼を見ているのではなく、自分の方が伊崎を見ているせいかもしれないと彼は思っていた。

稜は伊崎の真面目でまっすぐなところに憧れていた。正直、初めて見たときからカッコイイ奴だなと思っていたのだ。

試験週間とかでときどき一緒の電車になったりするが、空いているときでさえ伊崎が座席に座っているのを見たことがない。一度駅の階段でお年寄りの荷物を持ってあげているのを見かけたときは、ちょっと感心した。きっと親御さんの躾《しつけ》がきちんとしているのだろう、と稜は思っていた。しかも格好つけているわけではなくごく自然にやっているせいで、嫌味に映らないところがまたいい。

伊崎のそういう面に、稜は惹かれていた。

しかしだからといって、同じ学校のそれもクラスメイトに手を出すつもりはまったくなかった。うまくいく可能性など殆どないのに、告白して失敗したら自分だけでなく相手も気まずいだろう。周囲に知られたら気まずいなんてもんじゃない。稜をゲイだと知った上で偏見なく付き合ってくれる友達までも、失うことになるかもしれないのだ。

稜にはそこまでの覚悟はなかったし、そもそもゲイの自分が打ち明けたところで、片想いしているクラスメイトと付き合えるなどと夢のようなことは考えもしていなかった。

伊崎に彼女が居るかもしれないと思っておけば、自然と気持ちにブレーキがかかって少し距離を置いて付き合うことができる。

それほど親しくない程度の友達付き合いで充分だ。むしろその方がいい。

それからも何度か伊崎とは放課後遊ぶことはあったが、そのときでも二人で話す機会がそれほどあったわけではなく、そのまま三年になってクラスは分かれた。


三年に進級してひと月したころ、伊崎から電話があってカラオケに誘われた。

伊崎から稜に直接電話があったのは初めてだったが、どうせいつもの面子《メンツ》と一緒だろうとさして気にもせずに快諾して、特に深く考えずに待ち合わせの場所に出向いた。

「おー、お待たせー」

伊崎を見つけて手を振る。

「あれ、他の奴まだなの？」

稜の言葉に伊崎はちらと彼を見た。

「他の奴って？」

「え？」

「俺、誰も誘ってないけど」

「あ、そうなの？」

もしかして自分が誰かを誘うべきだったのだろうかと呆《ぼ》けたことを思いながら、伊崎の後について行く。

考えてみれば、伊崎と二人きりというのはこれが初めてだ。それを意識すると、急に緊張してきた。どきどきしながらとりあえず部屋に入る。

伊崎と向かい合う形でテーブルにつくが、どうにも間が持てない。重苦しい奇妙な空気を変えたくて、稜はできるだけ軽く云ってみる。

「えーと、俺誰かに電話しよっか？」

伊崎は小さく苦笑した。

「櫻澤は俺と二人だと退屈か？」

「え…」

僅かに動揺した。こいつってこんな喋《しゃべ》り方する奴だっただろうか。どうもノリがいつもと違う気がするのだ。

稜はふだんはそれほど鈍い方ではない。しかしこのときはまるでカンが働かず、伊崎が自分を呼び出した意味がわからずに居た。

「実はさ、俺今日おまえに聞いてほしいことがあるんだ」

これはかなり意味深な云い方だ。稜は思わず茶化してしまう。

「あ、もしかして彼女できたとか？」

「いや…」

そう云った伊崎の目はかなりマジになっていて、稜は何となくやばい感じがした。さすがにこのときには、稜にも伊崎が何を云い出すのか予想はできていた。

「俺、櫻澤のことが好きみたいなんだ」

稜は一瞬言葉に詰まった。

「…おまえ、ゲイなの？」

そう云うのが精一杯だった。

「…まだわからないけど…」

嬉しいというよりは、驚いたという方が大きかった。

同類はわかるとか云うゲイは多いが、稜に限ってはそのセンサーはあまり働いていないようだった。

恐らくこいつはそうだろうとピンとくる相手は確かにかなりの確率で当たるのだが、むしろ思いもしなかったが相手が同類だったということの方が多い。伊崎もまさにそんな感じで、今までその可能性は殆ど考えなかった。

「えーと…、俺がゲイだってのは知ってた？」

一緒につるむ仲間でも、皆に話していたわけではない。

「…野村たちが話してるのを聞いた」

特に口止めしていないのだから知られて困るわけではないが、伊崎まで知っているとはちょっと意外だった。

「そう…」

稜はどきどきしてきた。いいなと思っていた相手から告白されるという夢のような展開は、想像すらしていなかったのだ。

「…それに何度かスーツの男が車で迎えに来てるとこ見かけたから…」

その言葉に、稜は思わず眉を寄せた。

「あれ、見てたのか？」

「べつにストーカーじゃないぞ」

「いや、そういう意味じゃ…」

あのときのことを見られていたのだと思うと、なぜか無性に恥ずかしくなった。男と寝ている自分を知られてしまった生々しさのようなものを感じたのだ。

「けど最近はそいつを見かけなくなって、だから…」

「別れたと思った？」

「だったらいいなと…」

「まだ別れてなかったとしたら？」

恥ずかしさのせいで、つい意地の悪いことを云ってしまう。

その棘《とげ》のある言葉に、みるみる伊崎の表情が落ち込んで行く。それを見ていた稜の胸はきゅんとなった。

もしかしたら奇跡ってやつが起こったのではないか、本気でそう思う。

「それでもいいよ。俺、それでもあんたのこと好きだから…」

稜は耳を疑った。伊崎がそんなことを云うなんて、夢ですら見たことないのだ。

まっすぐな目で見られて、稜の心臓は今にも飛び出しそうだった。このままＯＫすれば晴れて両想い成立ではないか。

それなのに、稜はなぜか思い留まってしまった。

伊崎が自分自身をゲイかどうかわからないと云ったことがひっかかったのだ。

もしかしたら伊崎は、自分のせいで彼自身のことを勘違いしてしまったのではないか。たまたまゲイの自分が近くに居て、無意識に変な目で彼を見ていたのかもしれない。それであまりその手の経験のない伊崎を勘違いさせてしまった可能性がないとは云えない。

そう、以前に野村が云っていたではないか。妙なフェロモンを出しているんじゃないかと。それに伊崎が引っかかったとしたらどうだろう。

稜は学校でクラスメイトと馴染《なじ》んでいる姿とは別に、男に抱かれてよがるもうひとりの自分を持っていた。

クラブでナンパされて付き合い始めた九つも年上の男は経験豊富で、それこそ手取り足取り稜にセックスを教えてくれたのだった。

その相手を本当に好きだったのならまだよかったが、お互い都合のいい相手というだけで、早い話セックスフレンドでしかなかったのだ。

自分は好きな相手じゃなくても充分に楽しむことができる淫乱だということを、十八になる前に知ってしまった。しかし、それを受け入れることは稜にはそれほど困難ではなかった。

自分はそういう人間だ。そのことを恥ずかしいとは思っていなかった。しかしそんな汚れた自分に、まっすぐな伊崎を関わらせてはいけないのではないかと思った。

伊崎の目は、自分とは違うもっと明るい世界で生きて行く人間の目だった。目が覚めればもしかしたら男同士の恋愛などとは無縁でいられるのではないか。

自分には他人の人生の責任などとれない。もちろん伊崎は稜に責任をとってもらうつもりはなかったのだろうが、それでも稜は簡単にイエスと云えなかった。

「おまえ、男とやった経験あるの？」

「…いや」

「あんた、童貞だろ？」

稜の質問に伊崎の表情が曇る。

「…そうだけど」

「やっぱりな。悪いけど、俺セックスのうまい奴しか興味ないんだ」

できるだけ意地悪く云った。ちらりと伊崎を窺《うかが》うと、傷ついたような目をしていて、稜は慌てて目を逸《そ》らす。

やはり彼のようなまっすぐで純粋な男に、自分のような人間が手を出してはいけない。

「…おまえ、俺のこと何も知らないだろ？　俺、男とやるの大好きなんだ。けど下手な奴は願い下げだ。経験のない奴なんて論外。わかる？」

伊崎の眉が寄る。完全に怒っているだろう。それでも稜は更に云った。

「ま、おまえじゃ俺の相手は務まらないってことだ。俺とやりたかったらテクを磨いてから出直して来いよ」

そう云いながらも、稜は怖くて伊崎の顔が見られなかった。とはいえ、見なくても充分想像はつく。

「あんた、最低だな。…櫻澤なんか好きになった俺は、大バカだ」

さすがに、ずきんとくる言葉だった。

「経験多いのが自慢なのか？　見下げた奴だな。さっき云ったことは全部取り消す。あんたの顔はもう二度と見たくない」

それだけ云うと、一度も振り返らずに出て行った。

一瞬、追いかけて全部撤回したいような誘惑にかられたが、そんなことをしたらよけいにいいかげんな奴だと思われそうで、それもできなかった。

自業自得だということはよくわかっていたが、自分で想像していた以上に、稜は伊崎の言葉に打ちのめされていた。

「なんで…」

思わず口をついて出る。

なんで、伊崎は自分を好きだと云ったんだろう。

なんで、自分は伊崎を振ったんだろう。

どんどんわけがわからなくなってきた。

すぐに結論を出すことはなかったのではないか。よく考えてからでもよかったはずだ。なのになぜあんなひどい言葉で彼を拒絶してしまったんだろう。

その日、夢を見た。傷ついた伊崎が自分を非難する夢。

それから毎晩のように考えた。同じ夢を何度も見た。

それでも結局いつも結論は同じだ。

絵に描いたような好青年の伊崎と、淫乱の自分とでうまくいくわけがない。伊崎は自分の正体を知ればきっと呆《あき》れるだろう。

伊崎をゲイの世界に引き込みたくないなんていうのは、結局のところ言い訳だ。彼に本当の自分を知られたくないのだ。好きな人に、本質を知られて蔑《さげす》まれたくなかった。

まだまだ彼は子供でアンバランスだった。セックスの快楽を知っていても、心がそれに追いついてなかった。

そして、たぶん自分で思っていた以上に彼のことが好きだったのだ。

後悔はずっと残っていた。友達に誘われたのをいいことに、未練がましくバスケ部の練習試合を見に行ったりもした。そのことで更に伊崎を不快にさせていることにさえ気付かずに。


それから数週間後のことだった。

野村たちと駅まで歩いているときに、そのうちの一人が突然声を潜めた。

「あ、あれ、伊崎の彼女だ」

「え……」

駅の改札近くで彼らと同じ学校の女子生徒が、誰かを待っているようだった。

「真ん中の子」

「あの子、知ってる。チア部の二年だ。二年の女子の中では一番可愛いんじゃね？」

「やっぱ伊崎かよ。一番いいとこ持ってくよなあ」

「一緒に居る子も可愛いけど、あの子はちょっと別格だよな」

確かに正統派の美人の顔立ちだが、どこか人懐こいところもある可愛い子だった。

稜はいろんな感情が渦巻いて、一言で云い表せないくらい混乱していた。

しかしそんな稜の気持ちなど知るはずもない友人たちは、興味津々で話を続ける。

「前も駅で会ったんだよな。学校から一緒に帰ったらすぐに噂になるから、ここで待ち合わせてるみたいだぞ」

「伊崎ってそういうとこ、男前だよなあ」

「俺だったら、自慢したくて学校中連れ歩くよ」

「大事にしてるんだろう、きっと」

ひとつひとつの言葉がずきずきと突き刺さる。

「あいつが今まで彼女作らなかったのって、要するに理想がむちゃくちゃ高いだけだったんだな」

野村が稜に耳打ちする。稜は苦笑するしかない。

皆で電車に乗り込んだときに、反対側のホームに伊崎がさっきの彼女と一緒に現れた。

「あー、やっぱり！」

「ぐわ、伊崎むかつくー！」

「けどあいつじゃ太刀《たち》打ちできねえよなあ」

「せめてあの子の友達でも紹介してもらうとか…」

「おい、おまえ彼女居るだろ！」

他の乗客を無視して、大騒ぎだ。

しかし稜だけは、何も言葉にできなかった。

自分でもこれほどショックを受けるとは思わなかったほど、伊崎が彼女と一緒にいる場面に動揺してしまっていた。

やっぱり自分のことはただの気の迷いだったのだ。あれからまだひと月とちょっとくらいしかたってないのに、もうあんな可愛い彼女なんか作りやがって…。

稜は理不尽さすら感じていた。自分ひとりだけが取り残されたような、どうしようもなく淋しい気持ちなのだ。

しかし、そうなることを望んで彼を振ったのは他ならぬ自分だ。誰かを責めるのは筋違いと云うものだ。

あのとき伊崎を拒《こば》んだ自分は間違ってなかったのだ。仮に伊崎と付き合うことになったとしても、きっとうまくいかなかっただろう。伊崎が自分をゲイだと思ったのは、ただの勘違いだったわけなのだから。

自分が身も蓋《ふた》もない振り方をしたからこそ、伊崎は目が覚めたのだ。そうとでも思わないとやってられない。

卒業するまで校内で偶然すれ違うことはあったが、そのときも当然のようにシカトされた。伊崎はまるで稜の存在など気付かなかったように振る舞ったのだ。

稜はそんなことにいちいち落ち込んでいたが、それでも時間がたつにつれ痛みは軽くなっていった。

そして卒業して大学も分かれた後は、二度と会うことはないだろうと思っていた。


「櫻澤くん、何ぼうっとしてるの？」

沙耶香が稜の肩を叩く。

「小笠原《おがさわら》さん、彼が櫻澤です」

稜は慌てて紹介された相手を見た。

小笠原聖《ひじり》は若手ナンバーワンの指揮者だ。沙耶香たちが口説き落として、このイベントの音楽監督を務めてくれている。稜は彼の大ファンで、演奏会は何度も聴きに行っている。

「先週帰国したばかりですって」

「さ、櫻澤稜です。よろしくお願いします」

稜が緊張ぎみにさしだした手を、小笠原はにっこり微笑んで握り返した。

「こちらこそよろしく」

「あの、去年のサントリーホールのシベリウス、鳥肌立ちました」

「ありがとう。あのシベコンはソリストが美人でよかったよね」

爽やかな笑顔を浮かべて頷く。シベコンとは、クラシック・ファンが好んで使う略称で、シベリウスのヴァイオリン・コンチェルトのことを指す。

「繊細そうに見えて、演奏は男前で驚きました」

「あのギャップがいいんだよね。けどリハでも一度として笑わない、氷のお姫様だよ。食事に誘ったら鼻であしらわれたよ」

「小笠原さんの誘いを断るって、すごいですね」

小笠原聖はドイツ人と日本人とのハーフで、ルックスと実力を兼ね備えたクラシック界待望のスターだ。クラシックのCD売り上げの記録を破り続け、演奏会のチケットは即日完売。その人気は国内だけにとどまらず、ヨーロッパの伝統的なオケからもラブコールは絶えない。

「二十一であの美貌と才能だから、怖いものなしなんだろうなあ」

自分にも覚えがあるのか、小笠原はそう云ってにやりと笑った。

「綺麗な女の子もいいけど、クラシックの裾野を広げるには綺麗な男の子のソリストが増えてほしいよね。ピアノでもヴァイオリンでもチェロでも、この際何でもいいからさ。そしたら女の子のファンが増える」

「はは、そうですね」

稜は曖昧《あいまい》に笑いながらも、男前のヴァイオリニストと小笠原との共演ならぜひとも見てみたいと思った。

「櫻澤くんも、裏方にしておくには惜しいルックスだね」

小笠原の言葉に、稜は笑って頭を横に振る。

「いえいえ、そんな…」

「人前で演奏するには、ある程度見た目も大事だと思うんだ。きみくらいに格好いい演奏家が出てくると、ファンもどんどん増えると思うんだ」

稜はじっと見つめられて、どぎまぎしている。見かねた沙耶香が口を挟む。

「小笠原くん、うちの新人揶揄《からか》わないでよ」

「揶揄ってなんかないよ」

「ちょっと綺麗な子だと、男でもすぐに口説こうとするんだから」

沙耶香に云われても、小笠原は唇で笑ってみせただけだった。

「それより、この企画は櫻澤くんが奔走してここまでこぎつけたって聞いてるけど」

「いえいえ、奔走したのは僕だけじゃありません」

「でも企画はきみだって？」

「はあ、まあ…」

「僕からもお礼を云うよ」

「お礼なんて…」

稜は恐縮しまくってしまう。

「ナントの音楽祭が目標だってね。僕も一昨年呼んでもらった。ナントの再現が日本でできるなんて思ってもなかったよ」

「規模はうんと小さいですけど…」

「最初はそれでいい。時間をかけて育てていきたいね」

「はい……！」

稜は力強く頷いた。

「今度時間があったら、一度ゆっくり話したいね」

「ぜ、ぜひ……！」

稜が興奮してると、小笠原のマネージャーが現れて、何事かを耳打ちする。

「ごめん、ちょっと呼ばれてるみたいだ」

「あ、どうぞ。お気遣いなく」

「彼から僕の連絡先聞いておいて」

「え……」

「現場の意見は貴重だからね。できれば櫻澤くんたちから、最先端での印象を教えてもらいたいんだ。面倒じゃなきゃ……」

「面倒だなんて……！」

小笠原は稜の答えににっこりと笑った。

「それじゃあ、きみの方の連絡先も……」

「あ、名刺を……」

稜が名刺を取り出そうとすると、小笠原のマネージャーが間に入った。

「名刺は私が。それよりも先生、急いでください」

「ああ、わかった。じゃあ、また連絡するね」

「はい！」

稜は小笠原に一礼する。そしてマネージャーから小笠原のプライヴェート用の名刺をもらうと、興奮気味に沙耶香に見せた。

「小笠原くんは手が早いから気をつけてね」

沙耶香は稜がゲイなのを知っている。彼女の言葉に稜は思わず笑った。

「彼が俺なんか相手にするわけないでしょう」

「そうでもないから忠告してるんじゃない。スタッフの子のつまみ食いなんて、しょっちゅうよ」

「へえ。それはちょっと楽しみだなあ」

そう云った稜に、沙耶香の眉が寄った。

「つまみ食いされたいの？」

「相手が小笠原さんなら大歓迎でしょう」

「…呆れた」

沙耶香は肩を竦めた。

「櫻澤くんって、そういうの平気なタイプだったのね」

「まあそうです。けど今日の後は直前までもう会う機会もないんだから、そんな心配はいらないと思いますよ」

「そう願いたいわ」

「沙耶香さんの迷惑になるようなことにはなりませんから」

稜は真面目な顔で返す。

「今は何よりもこの仕事優先ですよ」

自分自身に確認するように云った。

伊崎がスポンサー会社の人間だったり、小笠原が男女問わずのナンパ師だったり、確かに稜にとっては衝撃的なことが同時に重なってしまっているのだが、それでもそんなことは今は大した問題ではない。

自分が手がける初めての大きな仕事。それがこれから本格的に動き出すのだ。

主宰してくれる自治体や企業を探して奔走した。何回もプレゼンを繰り返しては失敗した。そのうちに、日本でこういう試みは無理かもしれないと一度は諦めかけた。

そんなときに社長からは十年かけるつもりでやれと云われて、腹をくくった。それがいくつかの偶然がうまく作用していきなり話が進んで、あっという間にここまできた。

動くときは一気だと沙耶香たちから聞いてはいたが、こんなに早く実現してしまって当の稜が驚いているくらいだ。

一年前に小笠原が音楽監督に決まるや否や、沙耶香たちは出演者のスケジュールを押さえにかかった。

特に集客力のあるスター格の数人のソリスト。リストアップした十人のうち八人がすぐに快諾の返事をくれて勢いづいた。スターが決まれば、後は若手中心。特に国内の期待の若手ソリストに片っ端からオファーをかける。

既にべつのスケジュールが入ってた何人かを除けば、殆どの演奏家たちが日本で初の試みに、安いギャラでの出演をOKしてくれた。もちろん稜の会社と契約しているソリストたちには、できる限りスケジュールを融通してもらった。

選りすぐった八つのオーケストラも出演を快諾してくれた。そのうちの五つはヨーロッパのオケだ。

その報告に急き立てられるように、稜たちも準備を進めてきた。

このレセプションの後は、計画してきたことを実践に移すことになる。稜は深く息を吐いて、気持ちを引き締めた。

レセプションの進行役は、市役所の文化振興課課長の駒田が務めた。彼はこのイベントの事実上の責任者でもある。

稜が最初に駒田と会ったのは、まだ彼が課長になる前だった。

稜はいくつかの市町村にこの企画を持ち込んでいて、A市もそのうちのひとつだった。

A市はこじんまりとした観光都市で、人口のわりに文化施設が充実している。しかし箱物は立派でも、中身の充実までは至っておらず、美術館も音楽ホールも宝の持ち腐れのようなところがあった。

稜はそんなA市にターゲットを絞って、何度も足を運んだ。

当時の課長が稜が持ちかける企画をまったく相手にしてくれなかったときから、駒田は熱心に話を聞いてくれた。

それでも押しの弱い駒田は稜の企画を強引に通す力もなく、半年ほど企画は宙に浮いたままだった。

駒田が課長に昇進したのは単に年功序列に従ってのことだったのだが、稜にとってはこの上もなくラッキーなことだった。

「この音楽祭の特徴は、複数のホールで同時にいくつもの演奏会が開かれる点にあります。市内の大小七つのホールをフルに活用して、三日間で朝から夜まで百を超す演奏会を予定しています。

これは国内では初の試みです」

駒田の説明に、稜は小さく頷いた。

「同時に、学校の体育館を使っての交流会やらレストランやカフェでの音大生による無料ライヴも計画しています」

そのために、教育委員会の職員や地元商工会の青年部にも参加してもらっている。

他にも、ホールの関係者、ホテル関係者、マスコミ関係者と数え上げるときりがない。

自分の企画にこれだけ大勢の人間が関わっているのかと思うと、稜は改めて責任の重さを嚙み締めた。

「必ず成功させなきゃね」

稜の気持ちを代弁するように、沙耶香が云った。彼は力強く頷いた。


会が終了すると、稜たちは駒田に別室に呼ばれた。

そこにはこれまでも一緒に仕事をしてきた広告代理店やプロモーターの担当者、そして伊崎たちウェッジの面々が揃っていた。

「櫻澤くん、紹介しておくよ。こちらウェッジの野《の》口《ぐち》部長」

「あ、さきほどはどうも」

稜が頭を下げると、野口はにっこりと微笑んだ。

「実はたった今野口さんから申し出があって、ウェッジの方たちが実践部隊に参加してくれることになったんだ」

「え……」

「せっかくの機会を逃す手はないと思いましてね。いろいろ勉強させてやってください。足手纏いにならないように、若手の中でも優秀なのを選んできました」

野口の提案に稜は絶句した。

「伊崎と松江《まつえ》は音楽イベントの経験があるので、そこそこ使えると思います」

「それは助かります」

駒田は素直に感謝した。

「駒田さんの部下だと思って、何でも云いつけてください」

「ありがとうございます」

そのやり取りを、稜は呆然とした表情で聞いていた。

確かに人手は不足していた。地元で人材を募集してはいたが、なかなか理想どおりにはいかない。使える人材はありがたい。駒田が喜ぶのは当然のことだ。

しかし伊崎と一緒に仕事をすることになろうとは思ってもみなかった稜は、言葉もなかった。

「何かわからないことがあったら、私か櫻澤くんに聞いてください。彼は半年ほど前からここでアパート借りて準備にあたってくれてるんです」

「ほう、ずっとこちらに」

野口が稜を見て感心したように云う。

「ずっとと云うわけではないです。行ったり来たりで…。ホテル代を考えれば部屋を借りた方が安いから…。それに住んだ方がその土地のことがわかるんじゃないかと思って」

「なるほど。このイベントは街全体を使ってるから、それは大事なことですね」

野口はそう云って頷いている。

稜は少し嫌な予感がしたが、あまり気にしないことにした。伊崎が居ようが居まいが、とにかく割り切って仕事に専念するしかないのだ。


市役所内の会議室にデスクを入れて、そこが音楽祭の実行委員会室となった。

もちろんパソコンも電話も必要なものはすべて整っている。

総勢三十人程度の所帯ではあるが、中には週に一度のミーティングのみ参加のメンバーもいる上、稜を始めとする半分以上の人間は殆どが外回りの仕事なので、部屋はさほど窮屈な感じはしない。

「それじゃあ、結局君らもこっちでマンション暮らしってわけ？」

「そう。部長命令だよ」

広告代理店勤務の風間《かざま》に聞かれて、伊崎はちょっと肩を竦めた。

結局、伊崎は同じ広告畑ということで風間たちのチームに入ったので、稜が彼と顔を合わせるのはミーティングのときだけだ。

この日はイレギュラーなランチ・ミーティングで、半分は雑談だった。

伊崎は硬派なタイプの男前でガタイもよかったせいで一見とっつきは悪かったが、意外に気さくで話しかけやすいのですぐにチームに溶け込んでいた。

女子メンバーの受けもよく、誰にでも気さくに話しかけていた。ただし稜を除いて。

「俺は妻の実家だけど、伊崎は会社が借りてくれたマンション」

そう云った松江は伊崎の三つ先輩で、このプロジェクトに志願した理由のひとつは、開催地が妻の故郷だったからなのだ。

その妻はちょうど初めての出産で実家に戻っているところだった。松江の妻は身体が弱く、彼らにとっては願っても無いタイミングだった。

「俺が現地にずっと居るから、伊崎は隔週でって部長に云ったんだけどね」

松江の言葉に伊崎が苦笑する。

「終わるまで本社に戻ってこなくていいとか云われちゃったよ」

「それは厳しいなあ」

風間が思わず同情する。

「彼女、残してきてるんだろ？」

彼らの会話を聞くとはなしに聞いていた稜の、マウスを操作する手が一瞬だけ止まった。

「まあね」

（やっぱり彼女、居るんだ）

稜は安心したようながっかりしたような、妙な感情に襲われた。しかしとにかく高校時代に自分が手を出さなかったのは正解だったのだ。

「いちおう週末ごとに帰ってるし」

「遠距離か。大変だな」

「忙しくなってきたらそれも無理だろうから、今のうちだけでもね」

「俺、前に三カ月ほど出張になってそれで振られたことあるからなあ。きみも気をつけた方がいいよ」

風間の言葉に伊崎は苦笑を返す。

「せいぜい、帰るようにします」

「そうそう、電話は毎日ね。メールだけになったらやばいぞ」

「マジすか」

「やっぱり話さないと。でもほんとは顔見て話したいよなあ」

「確かに」

伊崎が頷く。稜は羨ましいような複雑な気持ちになったが、もちろん聞いていない振りを続けた。

「とはいえ、伊崎も自分で希望出したんだよな」

松江に促されて、伊崎は軽く頷いた。

「まあこっちに住めと云われるとは思わなかったからさ。けどこの企画の話聞いて、絶対にやってみたいって思ったよ。短期間でいくつもの公演を同時にするって発想がいいよね、贅沢《ぜいたく》で。それもひとつの街をまるまる使って、しかも朝から晩までってのは、国内じゃなかったことだろ？　そのアイディアがいいって思ったからさ」

それを聞いて稜は驚いて顔を上げた。伊崎と目が合いそうになって、慌てて逸らす。

伊崎はこの企画の原案を稜が立てたことを知らないのだろう。そのことを知っているのは、稜の会社の人間以外には駒田くらいしか居なかった。

自分のアイディアに伊崎が共感してくれたのだと思うと、稜は素直に嬉しかった。

「けど、彼女は文句云ったりしない？」

「そうでもないけど。お互い仕事持ってるから、わかってくれてるみたいよ」

「へえ。羨ましい話だな」

「まあそりゃ喧嘩もするけどね」

伊崎はそう云いながらもまんざらではなさそうだ。どう見てものろけだ。

伊崎がこういう場で、自分の彼女の話をしたりしかものろけたりするタイプだと稜は思っていなかったので、少し意外だった。

どうも自分はまだ高校のときのイメージを引き摺っているようだと、稜は内心苦笑する。

「櫻澤さんは？」

「え…」

「彼女、居るんでしょ。どうやってんの？」

風間にいきなり話を振られて、一瞬返答に迷った。相手はただの社交辞令なんだろうけどいちいち説明するのは面倒だ。

「まあ、適当にやってますよ」

曖昧に返す。

今までの経験から云えば、それが一番無難なのだ。正直に居ないといえば、合コンに誘われたり女の子を紹介されたりして、それを断るのがまた煩《わずら》わしい。もっと正直にゲイだと云ってしまうと、妙な誤解を生んで後々面倒なことになりかねない。

なので、居るのは居るがそういう話には乗らない、と思わせるのが一番いい。

「ソツがなさそうだね、櫻澤さんは」

それにはやっぱり曖昧に笑うだけだ。話のとっかかりを作らない。そうすると、相手もそれ以上はそのことには触れなくなる。秘密主義者だと思われようが付き合い悪いと思われようが、長く付き合う相手ではないのだからべつにかまわない。

何となくしらけた空気が流れたのは感じていたが、あえて気付かないふりをする。

「そういえば、櫻澤くん、例のシャトルバスの件どうなった？」

話題を逸らそうとしたのか、駒田が稜に話を振った。

「ああ、来週中にバス会社に交渉に行くつもりです。ラッピングバスの件も検討してもらえたらいいんだけど…」

「ラッピングバスって？」

「フィルムに印刷してバスのボディに貼り付ける、あれ…」

メンバーのひとりの質問に稜が答える。

「ああ。都バスがやってるやつ？」

「そう、それ。それ使って音楽祭の宣伝してもらえないかと」

「あ、その件だったら、今本社にかけあってるとこ」

稜たちの会話に、不意に伊崎が口を挟んだ。

「新製品の宣伝を入れてもらえたら、ラッピングにかかる費用は全部うちが持つよ」

「ほんとかよ？」

稜は思わず聞き返していた。

「ああ。部長のハンコもらったから。今週中にも上の了解とりつけてくれるはず」

「じゃあ、この件二人でやってよ」

駒田は当然のように云った。

「え？」

声を上げたのは二人同時だった。

「ラッピングとなるとデザインとかも検討しなきゃならないし、櫻澤くんひとりじゃ手一杯だから誰かに手伝ってもらうつもりだったんだ」

「それはありがたいけど…」

稜が云う前に、伊崎が先に提案した。

「手伝うってより分業にした方が効率いいだろ。ラッピングは全面的に俺が担当するよ。で、バス会社との交渉は任せた」

伊崎の言葉に稜は内心苦笑する。そうも露骨に避けなくてもいいだろう。

「分業でも何でもいいよ。二人で話し合ってやってくれたら。でもバス会社には揃って挨拶に行っておいてほしい」

「…わかりました」

駒田に云われて、伊崎は仕方ないと云いたげな返事をした。

稜は僅かに眉をしかめる。いくら一緒に行きたくないからって、露骨すぎる。高校時代のときのことをいつまで引き摺るつもりだ。

「櫻澤くんもよろしくね」

稜は黙って頷いた。

ミーティングが終わると、伊崎が稜の隣りに立った。

「これ、俺のスケジュール。バス会社に行く日が決まったらメールしておいて」

そう云ってメモを渡すと、稜の返事も聞かずに会議室を出て行った。

どうやら本気で嫌がっているらしい。

稜は苦笑して、メモをファイルに挟んだ。

「どうする？　俺の車で行くか？　それとも二台連ねて行く方がいいか？」

伊崎は稜のデスクまで来ると、不機嫌そうに声をかけた。

「どうでもいいけど、何で俺の車って選択肢が入ってないんだ？」

「俺は他人の運転する車が苦手なんだ」

稜は軽く肩を竦める。

「それじゃああんたの車で、打ち合わせしながら行こう」

「…わかった」

伊崎はそれだけ云うと、さっさと部屋を出て駐車場に向かう。稜は溜め息をつくと、彼の後を追った。

「道、知ってるのか？」

「ナビ付きだ」

そう云って顎《あご》でさした車は、稜たちが市役所から貸し与えられている軽自動車ではなく、スーツにはあまり似合わない四駆だった。

「これ、あんたの？」

「…俺の車ってさっき云ったろ？」

面倒そうに返すと、鍵を開けた。

稜は黙って助手席に乗りこむ。

再会したときから思っていたが、伊崎のスーツは軽く稜の倍はするだろう。特に目立つわけではないが、仕立てのいい上等のものだとひと目でわかった。乗り込んだ四駆も、国産車だが人気の車種だ。

自分の倍は給料もらってるんだろうなと、ふと思う。男前で性格もさっぱりしていて大企業に勤めていて、こんな男に彼女がいないはずがない。

溜め息混じりにふと反対車線に目をやろうとして、ステアリングにかけられた伊崎の手が稜の目に飛び込んできた。

唐突だった。唐突に、稜は欲情した。

大きくて筋張った男っぽい手に稜は弱かった。あの手で触られたい、そんなことを考えて一気に顔が紅潮する。

絶対に惚れちゃいけない相手だ。相手は自分のことを嫌っているし、自分はそれだけのことを彼にしているのだ。

自分に歯止めをかけるために、稜は仕事の話を始めた。

「ラッピングのデザインだけどさ、ウェッジの宣伝入れるとこにウェッジが契約してるタレントの写真とか使えない？」

自分で声が上擦っているような気がして、少し焦る。しかし伊崎はそれにはまるで気づかずに、前を向いたまま面倒そうに口を開いた。

「…たぶん問題ないと思う」

「よかった。何でも話題にできることはしないとな。どのタレントを使うかはきみとこに任すよ」

「ああ」

稜はちょっとほっとした。伊崎と二人きりでも何とか間が持てそうだ。

「このイベントでシャトルバスの果たす役割は大きい。施設の距離を縮めるにはシャトルバスが如何《いか》に便利に利用できるかにかかってる」

稜は仕事の話を続けた。それならいくらでも話すことはあったのだ。

「イベントのチケットでシャトルバスにも乗れるようにしたいんだ。待たせる必要がないくらい、何台も常に循環させる。移動の時間を最小限にすることが重要だ」

「難しそうだな」

「足りない分は支社から回してもらえばいい。肝心なのは、相手にそうしてもいいと思わせることだ。相手がこのイベントに協力しようと思ってくれれば話は早く進む」

「そんなに簡単にいくかな」

「まあ、やるしかないだろうな」

稜の答えに、伊崎は軽く肩を竦めた。

「それとは別だけど、同じタイプのラッピングバスを都内や近郊の地域に走らせたらどうかと思うんだ」

「デモンストレーション？」

「そう。ひと月でもふた月でもあちこちを走らせて、それをテレビや新聞に取材させる」

「ああ、いいかもな」

「ネットも最大限活用しないとな。ウェブサイトもうすぐできるから、ラッピングバスができたら一番にお披露目しないと。できればスタッフがブログで進行状況を告知していくとかさ」

「そんな時間あんのか？　なかなか更新できないようなら、やらない方がいい場合もあるぞ」

「確かに。今度ミーティングで相談してみよう」

慎重に頷く。

「そうだ。きみらの会社の営業車もラッピングできないかな。自販機を回るトラックとかさ」

「…何台あると思ってんだよ」

「もちろん全部である必要はないよ。地域に数台ずつで」

「ああ、それなら…」

「それで目撃したラッピングトラックと一緒に撮った写メを募集するってのはどうだろ？　その写真を当会場に飾ったりさ。優秀作には景品送るとか…」

稜はどんどんアイディアを広げていく。

伊崎は稜の話を半ば呆れ、また半ば感心して聞いていた。


しかしそんな稜の意気込みとは裏腹に、下平《しもだいら》と名乗ったバス会社の専務は明らかに乗り気ではない様子だった。

「…市の方から要請があったので、もちろん協力はさせてもらいますが、うちの方も二、三台くらいしか余裕がなくて…」

伊崎はまいったなという顔をする。しかし稜はまるで気にしなかった。

「下平さん、この地図を見て頂けますか」

アルバイト学生に作ってもらったシャトルバスの路線図だった。

「文化センターと市民ホール、市立体育館、Ｓ大講堂を周回する路線。それとＪＲ駅と市民ホールをピストンする路線、それぞれに五分置きでシャトルバスを走らせたいんです」

「え……」

専務の目が点になっていた。

「街を大きなひとつの会場とするには、シャトルバスは待たせないことが重要です」

「そんな。台数が全然足りませんよ」

「そうでもないですよ。従来のダイヤをうまく調整すれば十五台は回せると思います。シャトルバスと同じ路線なら、そっちでカバーもできるわけですから」

「いや、しかし……」

「観光バスもお持ちですよね。うちの方で調べたのですが、夏休みのこの時期は周辺の営業所の分を合わせると、少なく見ても平均一日五台は待機状態のようですね」

畳み掛けるような稜の調子に、下平はさすがに慌てた。

「ちょっと待ってください。うちはそこまで協力できませんよ」

彼は必死になって言い募った。このまま稜のペースにのせられるわけにはいかない。

「この不況でうちも相当経費を削っているんです。せいぜいがんばって三台までです。それ以上は本当に無理なんです」

稜は黙って頷いた。

「下平さん、私はこのイベントを一回限りにする気はまったくありません。もちろん市もそう考えています。…貴方の会社はツーリスト部もありますよね、バッスアーとかを企画している」

「ええ、まあ…」

「地元開催のイベントが増えるのは、またとないチャンスじゃないですか」

稜はそう云うと、持参してきた写真やパンフレットを広げた。

伊崎はずっと口を挟まずに聞いていたが、実は稜の言葉の強さに感心していた。

「これはフランスのナント音楽祭の写真です。今回のイベントのモデルです。テレビ局が取材したテープも持ってきたのでぜひ後で見てください」

ビデオを下平に押し付ける。

稜は写真を見せながら、その音楽祭の魅力を淡々と語った。その淡々とした口調の中に稜のイベントにかける情熱が感じられて、下平だけでなく伊崎もつい聞き入ってしまう。

「安価で質の高い演奏を見せる、というのがイベントの目的です。ナント音楽祭でも、観客の八割がクラシックのコンサートは初めてという人ばかりです。なのでクラシックファンだけを相手にするわけではなく、日本全国から多くの音楽ファンを呼べるイベントにする必要があります。そのためには、行ってみたいと思わせるあらゆる宣伝を試します。そしてまた来年も行きたいと思ってもらうために、不満が出ると予想できる部分は、できる限り先に手を打ちます。シャトルバスはその両方で大変重要な役割を果たします」

稜はちらと伊崎を見て発言を促す。

伊崎はその意図をすぐに汲み取って、ラッピングバスのモデル写真をいくつもテーブルに並べて見せた。

「シャトルバスは宣伝をかねてラッピングバスにしたいと思っています。これがそうです」

下平は興味深そうな顔でその写真を見た。

「うちの社がスポンサーになって、ラッピングバスの経費を負担します。これは大々的にマスコミに取り上げてもらう予定です。つまり貴方の会社は全国レベルで宣伝され、また会期以外でラッピングバスを利用することもできるわけです」

伊崎の言葉をうけて、稜はちょっと悪戯《いたずら》っぽく笑った。

「不況だからこそ、やってみる価値はあるんじゃないでしょうか」

下平の顔が最初とは違っていた。ウェッジという飲料水メーカーの最大手がスポンサーとなっているというのも大きかった。

「…わかりました。しかしこうなると私の一存では決定できないので、社長と相談して後日ご連絡させて頂きます」

稜は満面の笑みを浮かべた。

「ありがとうございます。よろしくお願いします。それと、ぜひともこのテープは社長にも見てもらってください」

「わかりました。いや、私もぜひ見たいと思ってきましたよ」

「ありがとうございます」

　そう云って二人はしっかりと頭を下げた。


「こんなにうまくいくとはな」

　車に戻ると、伊崎がほっとしたように云った。しかし稜は素っ気無く返す。

「まだ決定じゃないよ。あそこはワンマン社長だから、社長がうんと云わないと決まったことにはならない」

「そうなのか？」

「ああ。とりあえずは専務ががんばってくれるのを期待するしかないな」

「おいおい、それでダメだったらどうするつもりだ？」

「他にも手はいくらもあるよ。夏休みだからスクールバスが空いてる。音大や音楽コースのある学校に働きかけたら数は充分揃うだろう。そのへんはうちの事務所がいろいろとコネを持ってるから…」

　稜に冷静に返されて、伊崎はちょっとむっとした。

「だったら最初からそっちに頼めば…」

「市の要請で、できるだけ地元企業を使うことになってるんだ。もちろん俺もそうすべきだと思ってる」

「そういうことなら…」

伊崎の様子に、稜は彼がそのことを他から聞いていなかったことに気づいた。

「あ、このことは先に云っておくべきだったな。すまん」

「あ、いや…」

素直に謝られて伊崎はちょっと言葉に詰まった。考えてみれば自分が稜を避けていたせいで、打ち合わせが車の中だけになってしまったのだ。短時間での打ち合わせでは、彼が云い忘れるのも無理はない。

「それに、バスはたぶん何台あっても充分ってことはないと思う。ここは街の規模からすれば宿泊施設は多い方だろうけど、それでも絶対数が全然足りない。出演者の分ですら周辺のホテルを頼らなきゃならない状況だ。そうなるとそっちでも送迎のバスが必要になる。車で来たお客さんの駐車場から中心部へのバスもいる。使えるバスの台数は多ければ多いほどいい」

稜は淀みなく話す。伊崎は、彼がイベントの隅々まで把握しているであろうことがはっきりとわかった。

「あのさ、もしかしたらこのイベントの原案考えたのって、あんた？」

稜はちょっと驚いて伊崎を見た。

「…ああ、まあ、そう」

「どうりで」

伊崎は深く頷く。

「何か？」

「いや」

伊崎の言葉に何かを期待した稜は、あっさりと打ち切られて、期待したことを内心苦笑する。

「…それよりも、バスの件だけど、自動車教習所の送迎バスなんかどうだ？」

伊崎の方から提案してきた。稜はちらりと彼を見る。

「いいね。ああいうとこは役所との繋がりを大事にするから、早速連絡とってみるよ」

気持ちを切り替えて、仕事の話に集中する。

「俺の今いるマンション、教習所の近くなんだ」

「そういえば、ゴルフ場も送迎バス持ってるんじゃないか？」

「やばいな。対向車をいちいちチェックしちゃって運転に集中できないや」

その言葉に笑いながら、稜もつい対向車を見てしまう。

冗談を云い合いながら、稜はまた無意識に伊崎の手を見てしまった。

ぞくり、と背筋を何かが走った。

間違いない。また自分は彼の手に、長い指に欲情したのだ。

いったい何なんだ。自分は今更伊崎に未練があるとでもいうのか。

「…どうかしたのか？」

「あ、いや」

そのとき稜の携帯の着メロが鳴った。

「あ、ちょっとごめん」

稜はほっとして携帯を取り出す。こんなところで欲情してる場合ではない。

「あ、メールだ」

急いでチェックすると、上司の悠子からだった。

「出演者がほぼ決まったみたいだ」

「そうか。いよいよだな」

「曲目もだいたい決まった」

稜は背筋をちょっと伸ばして、妄想を振り払った。

伊崎が運転中なのは幸いだった。お互いの顔を見て話をする必要がないからだ。

稜は今まともに伊崎の顔を見ることができない。

そんな稜の動揺に伊崎が気づくはずもなく、運転しながらちらと稜を見た。

「俺、実はあんまりクラシックは詳しくないんだけど、すごい面子なのか？」

「え…」

「だから出演者が」

「ああ、まあそうだね。レベルはそれなりに高いよ。人数集めただけの音楽祭じゃない。何より日本人の若手の演奏家で海外の有名な音楽コンクールの上位入賞者がこれだけ揃うことは先《ま》ずないと思う」

稜は慌てて答えると、何とか態勢を整えた。

「とはいえ、実は俺もこういう仕事してるほどには詳しくないんだ。そんな俺でも知ってるような顔ぶれだから」

「…そんなんで出演交渉とかできんの？」

「え？　俺はしないよ。今回も出演交渉には俺は全然関わってないから」

けろりとした顔で答える。

「うちにはクラシックのプロがいくらでもいるから、俺がでしゃばる必要はないんだ。うちの社で音大出てないの取締役以外では俺だけだし。そういう素人が混じってることも、これからは大事だって…」

「社長の考え？」

「いや、俺が。就職の面接でそう云ったんだよね。素人がいっぱい見に来るようにするには、スタッフに素人が居た方がいいんじゃないかって。そしたら採用されたってわけ」

思い出して唇で小さく笑う。伊崎もつられて笑った。

「ってことは、クラシックにはあんまり興味ないのか？」

「詳しくないけど聴くのは好きだよ。ただ俺はクラシックに限らず、ロックもジャズも音楽は何でも好きなんだ。だからべつにこの会社じゃなくても良かったんだけどね。ただ、採用してくれたのが今のとこなだけで」

「ふうん」

「とにかく、演奏会慣れしてない人が気軽に聴けることが大事だから、曲目も馴染みのあるものやらインパクトの強いものにしなきゃな。まあそのへんのことは小笠原さんに任せておけばいいけど」

「小笠原？」

「音楽ディレクターの。レセプションのときに挨拶してただろ」

伊崎は思い出して軽く頷いた。

「ああ、やたら目立つ奴だったな」

「見た目もカッコイイけど、それ以上に才能がすごい。彼が音楽監督だからって出演してくれるオケも少なくないし」

「…あんたも彼のファン？」

「そりゃあ」

「ふうん」

気のなさそうな返事を返して、伊崎はステアリングを回した。

「…もしよかったら、小笠原さんのCD貸そうか？」

特に深い意味もなく云ってしまって、稜はすぐに後悔した。彼が自分から何かを借りるわけがないことを思い出したのだ。

「…いや。ド素人の俺が聞いても指揮者の違いなんてどうせわからんし」

「あ、興味ないならべつに…」

「部長からも少しは勉強するようにって、クラシックのCD山ほど借りてるんだよな」

そう云って伊崎は肩を竦める。稜はべつに無理強いするつもりなどなかったのに、それとなく距離を置かれたのに気付いて居たたまれない気持ちになった。調子に乗ってよけいなことを云わなければよかったのだ。

伊崎が稜に対して持っているわだかまりはなくなることはないだろう。今更、仕事仲間として信頼されたいなどと思う方が図々しいというものだ。

たまたまこの日は一緒の仕事になったが、今後そういうことはないはずだ。これからはできるだけ自分からは伊崎に近づかないように、ちゃんと距離をとって接することを稜は改めて自分に云い聞かせた。

しかし伊崎の方はこの日のことで稜の仕事面での手腕を認めたらしく、少なくとも仕事上では過去のことは忘れて彼に協力するようになった。バス会社の件がうまく進むと、伊崎は稜に触発されたのか、積極的に仕事に取り組んでいっているようだった。

翌週のミーティングでは、早くもラッピングデザインの候補を用意してきて皆を驚かせた。

「ベースのデザインは同じにして、色は三パターン。ディテールをちょっとずつ変える」

伊崎が用意した画像を全員がチェックする。

「やっぱりB案かな」

「そうね。B案で決まりかな」

駒田がそう云ってちらと稜を見る。稜は軽く頷いた。

「あと、うちの営業のトラックをラッピングするのもOKが出た」

伊崎はリストを見せる。

「それと公用車のラッピングの件も了解してもらった。ついでにデイケアセンターのワゴンもどうかって話を向けたら、前向きに考えてみるって」

てきぱきと片付けていく伊崎に、稜は舌を巻いた。

「…仕事が早いな」

感心する稜に、伊崎はにやりと笑った。

「ラッピングバスの取材は、各放送局に働きかけて情報番組で取り上げてもらう。うちがスポンサーしてる番組も多いから、それは問題ないだろう」

「テレビはどんどん利用したいね。役所が顔が利くのはせいぜい地方局だけだから。全国ネットの番組で宣伝してもらえるのはありがたい」

駒田がそう云って微笑んだ。

「それと、櫻澤が云ってたラッピングトラックを探せの企画も進めてる。うちの部長がそういうの大好きでさ、景品も携帯ストラップとかならすぐにでもできるからって」

「…すごいな」

伊崎の手際のよさは、嫌でも稜を惹き付ける。

「あと、雑誌関係は松江さんが…」

「おう。情報誌を中心に特集組んでもらうように話してるとこ」

松江がうける。

「手際いいね」

「櫻澤ちゃんほどじゃないよ」

稜に褒められて、松江はちょっと照れたように返した。

「クラシック関係の雑誌は、櫻澤ちゃんとこがやってくれるんだよね？」

「ああ、そっちはうちの相田が」

「なんか、怖いほど順調だね」

松江の言葉に、駒田が眉をしかめた。

「怖がることはないよ。こっちは全然うまくいってないから。追加の予算はいまだに認められてないし、チケットの販売価格さえも決められないんだから」

「あらら…」

「助役が、皇太子夫妻を呼びたいとか面倒なこと云い出すし…」

駒田の愚痴に、稜はぎょっとなった。その気持ちを伊崎が代弁する。

「それはまずいな。特別な警備を敷かなきゃならなくなったら、シャトルバスが自由に走れなくなる。そうなったら、俺と櫻澤のせっかくの苦労が水の泡だ」

その伊崎の言葉に稜はどきっとした。仲間扱いしてもらえたのが嬉しかったのだ。

「大丈夫。何とか説得したよ。ただそのせいで昨日の僕の半日の仕事が停滞しちゃったけどね」

駒田が淋しそうに笑う。

「プレス向けのパンフとか、まだじゃなかったっけ？」

稜が遠慮がちに聞いた。駒田は力なく頷く。

「市議会で使う資料を優先して作らなきゃならないんだ…。それが終わったらすぐにかかるよ。デザイン班にはすぐにかかれるように待ってもらってるから」

「じゃあ俺、プレス向けのパンフ手伝いますよ」

「ありがたいけど、櫻澤くんだって時間ないだろ？」

「俺、今やってるの来週でも大丈夫だから」

「ほんと？」

「じゃあ俺もやるよ。今日なら時間あるし」

伊崎の申し出に、稜は思わず彼を見る。

「バイトひとり回してもらったら、今日中にできるんじゃないか」

な？　という顔で稜を見る。不意に見せられた伊崎の優しい目に、稜は反射的に焦ってしまう。彼はこういう不意打ちに弱いのだ。

もちろんいくら焦ったところで、伊崎には彼女が居るのだから今更自分の出番はない。それでも、伊崎に信頼されるのをどうしようもなく嬉しく思ってしまっている。

　ふとそのとき、駒田が思い出したように云った。

「そうだ。来週もしかしたら小笠原さんが来るかもしれないって」

「え…！」

　駒田の言葉に、稜は思わず声を上げた。

「来るって、ここにですか？」

　小笠原とアドレス交換はしたものの、小笠原の海外での仕事が思うように捗《はかど》ってなくて稜とメール交換をするどころではなくなってしまったのだ。そのことで小笠原のマネージャーから丁寧なお詫びのメールをもらっていた。

　そんなわけで、小笠原のスケジュールはまったく聞いていなかったのだ。

「そう。一度市内をゆっくり見てみたいらしいよ」

「ほんとに？」

　稜の目が期待できらきらしている。

「前のときは時間なかったらしくて、もし行けるようなら案内してほしいってマネージャーから連絡があったよ…」

　ちょっと困った顔の駒田に、伊崎が察したように同情した。

「タイミング悪いね…」

「そうなんだ、今はこっちもそれどころじゃないって云うか…」

「え、なんで？」

珍しく稜が浮き足立っている。

そんな稜を見て、駒田は溜め息をついた。

「もし時間とれたら櫻澤くんに交代してもらいたいとこだけど…」

「やります！　俺、やります」

はいはいと手を挙げる。それを見て伊崎が呆れるように返す。

「あんたさ、さっき駒田さんの仕事手伝って自分のは来週やるって云ったばかりだろ」

「もちろんちゃんと駒田さんのも手伝うし、自分のも何とかするよ」

「そんなミーハーなノリで大丈夫かよ」

伊崎の目がちょっと不快そうにしかめられた。稜もさすがにむっとする。

「…うっせえな。ちゃんと心得てるさ」

「だいたい、街の案内だったら地元の人の方がいいんじゃないの？」

伊崎には関係のないことのはずなのに、いやに妨害してくる。

「自分の仕事で手一杯なんだから、役所の誰かに頼んだ方が…」

「ちょ、ちょっと待てよ。それなら俺も一緒に同行させてもらって…」

「あんたさ、遊びじゃないんだから」

単なる嫌がらせなのだろうか。あくまでも稜が案内するのを阻止しようとする。

そんな二人を見て、駒田は苦笑している。

「もしかして、伊崎くんも案内したいの？」

「え、そうなのか？」

稜が急に警戒を見せる。

「なんで俺が…」

「櫻澤くんだけならともかく、二人ともとなるとなあ…」

「俺、案内なんてする気ないですよ」

伊崎が露骨に眉を寄せた。

「そうなの？　なんかさっきから櫻澤くんがやろうとするのを阻止してるみたいだから…」

「…ファンだからって、キャパ超えて引き受けてどっかに皺寄せがきたら、皆に迷惑かけることになるからと思っただけ」

「それは大丈夫でしょ。櫻澤くんは自分で云い出したことは必ず責任もってやってくれる」

駒田は伊崎にそう云うと、ふっと笑ってみせた。

「ね？」

「はい」

駒田に訊かれて、稜はしっかり頷いた。

「…まあ駒田さんがそう云うなら」

「うん。伊崎くんがいろいろ心配するのもわかるけど、櫻澤くんはそのへんのことはよくわかってるはずだから。櫻澤くん、マネージャーから連絡あったらきみに回すね」

「はい。任せてください」

そう云うと、稜は勝ち誇ったように伊崎を見た。それはほんの冗談のつもりで、伊崎は苦笑するだろうと思ったのだが、本気で不愉快そうだった。

伊崎は頭が堅い方ではない。他のメンバーの誰かが職権を利用してバックステージを見学したというような話でも、今度は自分も連れて行けとか云っていたくらいだ。仕事中に私用で電話していても文句を云ったりはしない。

それを知っているから、稜には伊崎の反応が予想外で戸惑ってしまった。稜が小笠原に会いたがっているのを邪魔しようとしているようにしか見えないのだ。

（まさかな…）

稜は内心苦笑する。そんなはずがあるか。自分が彼のことが気になるから、そんなバカなこと

を考えてしまうのだろう。

だいたい、自分は伊崎の手を見ただけで欲情してる始末で、彼から書類を受け取るときもできるだけ手元を見ないよう注意しているほどだ。そうでもしないと、またうっかりごつごつした長い指に欲情しかねないのだ。

一緒に仕事をする機会が増えると、どんどん伊崎に惹かれていくのを止められなくなっていく。だからといって、稜に何ができるわけでもなかったのだが。

伊崎はもう三年も付き合ってるという彼女がいるらしい。自分たちの年齢を考えれば、その彼女と結婚するつもりでいると考えても少しもおかしくない。

(結婚か…)

稜はその言葉の重みに、自分が少なからずもショックを受けていることを自覚していた。

自分がゲイであることはさておき、誰かとの将来を考えたことなど今まで一度もなかったからだ。それどころか、稜は本気で好きになった相手と付き合ったことがなかったのだ。

付き合う相手は主に身体の関係が最優先で、それ以上でもそれ以下でもない。一緒に居るだけでも楽しいとか、一緒に居ないときに相手のことを考えて仕事が捗らないとか、そんな経験はしたことがなかった。

恋愛を面倒だと思っているわけではないつもりだし、恋人がいる人を素直に羨ましいと思うことは当然ある。しかし自分にはそういう相手が現れない。

好きと云われて付き合ったことはあるが、残念ながら相手を特別には思えなかった。

稜が好きになる相手の殆どは、ノンチかさもなければ既に決まった相手が居るかのどちらかなのだ。そしていつも自分は相手にとって問題外の存在で、最初から諦めてしまってばかりだ。

伊崎も同じだ。もう絶対に自分の手には届かない相手。

恋愛はタイミングが大事だと云う人がいるが、まさに稜はそのタイミングを逃してしまったわけだ。十年前に伊崎の告白を受け入れていたら今どうなっていただろう。そんな考えても仕方ないことを、今更のように考えてしまう。

伊崎にとってはとっくに終わったことだというのに、稜だけがいつまでもそこから踏み出せていなかった。


「櫻澤ちゃん、もう終わるなら一緒にご飯行かない?」

帰り支度を始めた稜を見て、西村妙子《にしむらたえこ》が声をかけてきた。松江も一緒だった。

「あーごめん、俺今日は…」

「ご飯くらいいいじゃない。櫻澤ちゃん、付き合い悪いよ」

西村は伊崎たちよりひと月遅れで参加したメンバーのひとりで、都内の大手プロモーター会社から派遣されてきていた。稜とは一緒に仕事をすることも多く、かなりはっきりとものを云うタイプだ。

「ちょっと相談したいこともあるんだ」

松江の言葉に、稜はちらりと時計を見て頷いた。

「…一件だけ電話入れてからでいい？」

「じゃ、先に出てるから追いかけてよ」

「わかった」

稜は軽く手を挙げて合図をすると、急いで電話をかけた。


三人は、西村がよく来るという居酒屋で飲み始めた。

「それで、結局小笠原さんがここに滞在できたのって二時間くらい？」

「せいぜいそんなもんだったかな」

小笠原は帰国してすぐに訪れたのだが、まさに分刻みのスケジュールで、稜が厳選したコースをタクシーで案内するのがせいぜいだった。

「一時間かそこらで何かわかったのかなあ」

「わかるっていうよりも、空気を感じるとかそういうようなことらしいから…」

「…わかったような、わからないような」

「インスピレーションの問題だね」

松山の言葉に稜は頷いた。

何度も小笠原のマネージャーと電話で打ち合わせて、いくつもの場所をリストアップした。そしてコースを決めたのだが、当日は小笠原とは殆ど会話らしい会話はしなかった。

小笠原はどの場所でも黙って深く息をして何かを感じ取ろうとしていたし、車の中では地元ではナンバーワンといわれる観光タクシーの運転手が丁寧な案内をしてくれた。当日は、稜は黙って付いて歩いただけだった。

それでも小笠原は満足して帰ってくれたようで、翌日お礼の電話があったくらいだ。稜にしてみれば、もうそれだけで苦労した甲斐があったというものだ。

「やっぱり、オーラとかすごいの？」

西村はまだ小笠原に会ったことがなかったのだ。小笠原が来た日も、ちょうど彼女が東京に戻っていたときだった。

「ハンパないよ」

「写真とどっちが格好いい？」

「そりゃ、ナマに決まってるって。音楽家って舞台だとオーラすごいけど、プライベートはいたって普通の人って方が多いけど、小笠原さんはふだんからスターオーラ出まくり。何しろあの美形だから」

「ああ、会いたかったなー」

羨ましそうに云う。

「本番始まったら会えると思うけど」

「あ、じゃあ、絶対に紹介してね」

西村は上機嫌で、早いペースで飲み出した。

櫻澤は伊崎のこともあってか、こちらに来てからあまり飲みの誘いに付き合ったことがなかった。もちろん仕事が忙しすぎて時間がなかったからなのだが、アルコール自体あまり得意ではなかった。

それでも比較的話の合う二人の話を聞きながらの食事はけっこう楽しく、いつもよりはビールも進んでいた。

「あのお役所組、何とかしてほしいんですけど…！」

そこそこ酒が入ったのか、西村の愚痴が始まった。

「あいつら、なに？　ろくに仕事しないくせに態度ばっかでかくて…」

西村の云うお役所組とは、駒田やその補助をしている専任の職員とは別に、自分の仕事と掛け持ちで手伝っている職員のことをさしている。

彼らは最初のころはミーティングにもろくに出席しなかったのに、イベントが近づいてきてメディアに取り上げられる機会が増えるとミーハー心が刺激されたのか、ちょくちょく顔を出すようになっていた。そして中途半端な仕事をして、西村たちを苛立《いらだ》たせているのだ。

実際、稜もかなり迷惑していたので、西村の意見には同感だった。

「特に金子《かねこ》……！　あいつ、ほんっといいかげんなんだから」

「まあ確かに。あれならやる気のあるバイトの方がまだましだ。そのこと駒田さんにも云ったんだけど、仕方ないみたいだね」

「仕方ないって？」

「経費の面でああいうのに頼らざるを得ないというか。バイト雇うにもお金はかかるわけだけど、あいつらならどうせ払うことになる給料内で収まるから、まあできそうな仕事を探してやらせるしかないってことみたいだ」

「なんでそんなことを私たちが探してやらなきゃいけないのよ！」

「まあそうなんだけど、今の所属でも持て余してるらしいよ。駒田さんもそっちの課長から適当に使ってくれって云われてるって」

「そういう奴をクビにできないのが役所なんだよなあ」

松江も呆れたように溜め息をついた。

「使えないなら使えないで大人しくしてるんならいいんだけど、こっちの話全然聞いてないし足手纏いなのよね。女に使われるのが嫌いらしいし」

西村はそう云って、どんと音をさせてジョッキをテーブルに置いた。

「金子みたいなタイプって、自分じゃ何もできないくせに女性蔑視なとこあるだろ」

「そうなのよー！」

松江の言葉に、西村は掌《てのひら》でテーブルをばんばん叩いた。

「金子ってちょっとルックスいいからって、それを鼻にかけてるのがいや！」

「まあ、確かに見た目だけは何とかかな…」

「櫻澤ちゃん、あんた金子にライバル視されてるわよ」

「はあ？」

「あることないこと、櫻澤ちゃんの悪口流してるみたい」

稜は呆れたように溜め息をついた。

「櫻澤ちゃん、仕事の後皆とご飯行ったりとかめったにしないじゃない。そういうの、お高くとまってるとか思ってる人もいるのよね」

稜は苦笑した。自分が飲みに誘われても断るのは、酒があまり好きではないことや仕事が忙しいこと以外に、経済的な理由もあったのだ。こちらでの部屋代は会社が出してくれているとはいえ、二重生活は何かとお金がかかって、今までのように先輩たちに奢ってもらって凌ぐこともできずに、稜にとってはいっぱいいっぱいだったのだ。

昼食は市役所の食堂で安くすませることができたので助かっていたが、二日とあけず飲みに行くなんてとんでもなかった。しかも女性が一緒だと自分が支払う側になるのも納得がいかない。自分から誘ったのならともかく、なんでゲイで安月給の自分が。しかも酒は苦手なのに、無理に付き合わされたあげく、自分よりずっと給料が多いであろう女性たちに奢ることになるのは、できれば遠慮したい。

「飲まないとコミュニケーションが図れないと思ってる奴もバカだけど、櫻澤ちゃんはちょっと愛想ないなとは私も思う」

「おいおい、西村さんは遠慮ないなあ。それ云ったら俺だって…」

「松江さんは奥さんが大事なときだもん。一刻も早く帰りたいのは当然でしょ」

「櫻澤ちゃんも内緒にしてるけど、そういう事情があるのかもよ」

松江は人の和を保つのがうまい。

「…もしそういうことがあるのなら、ちゃんと云った方がいいわ。誤解されるから」

西村は酔っていることもあって、少ししつこい。

「べつにないけど…。でも俺そんなに誘われないよ？」

「いつも断るからでしょう。忙しいのはわかるけど、やっぱりたまには付き合ってよ」

「まあたまにならね」

面倒なので適当に答えておく。

「…またそんなこと云って、断るつもりのくせに」

「まあまあ、今日だってちゃんと付き合ってくれてるんだからさ」

不満そうな西村を松江がなだめる。

「もともと櫻澤ちゃんって酒苦手だろ。さっきから全然減ってないもん」

松江はそう云って笑う。

「それより、金子さんの話してたんじゃなかった？」

「そうそう。ていうかさ、松江さん何で金子にさんなんか付けるのよ！」

酒が入って態度が大きくなっている。

「いやまあ…」

「とにかく、金子には気をつけた方がいいと思う。櫻澤ちゃん、女の子に人気あるからそれがおもしろくないみたい」

それは稜も感じていたが、最初から相手にしていなかった。

「俺なんかよか、伊崎の方がよほどもてるだろ」

「伊崎くんはけっこう彼女のことでのろけるから、ああいうの聞かされたら女の子は萎えるのよ。もしかしてそれも計算してわざとやってるのかも知れないけど…」

「そういうもん？」

「そうよ。櫻澤ちゃんは彼女居てもそういう空気出してないから、もしかしてって思う子もいるわけよ」

「あ、そう…」

稜は思わず溜め息をつく。女子たちが何を思おうが、直接誘われたりしない限りはどうでもいいことだ。金子のことなんか、更にどうでもいい。

「それよりさ、さっき云ってた相談したいことって？」

松江に話を振る。相談があると云われたから、付き合っているのだ。

「あ、そう。実は伊崎のことなんだけど」

伊崎の名前が出て、稜はどきっとした。

「櫻澤ちゃん、伊崎が彼女とうまくいってないって話、聞いてる？」

「え、いや」

突然の話に稜はちょっと驚いた。さっき西村がのろけてると云ったばかりではないか。

「あいつ、今月入ってから週末も帰ってないらしいんだ」

「……」

「伊崎はそういうこと云わないんだけど、この前も一緒に飲んでいたら彼女から電話かかってきてて、どうも揉めてるらしかった」

西村も口を挟む。

「私もそのとき一緒に居たんだけど、あれは絶対に喧嘩してる感じだった」

「…そうなんだ」

稜は複雑な気持ちだった。

「それでさ、実は来週俺が本社に顔出すことになってんだけど、それをあいつに行かせようと思って」

「ちょっとしたことでこじれてるだけなら、ちゃんと会って話した方がいいでしょ？　おおかた一緒に居る時間が少なくなっちゃって、それですれ違ってるだけじゃないかと思うのよね」

稜は二人の言葉に頷いた。

「けどちょうどその出張の日に伊崎はバス会社との打ち合わせが入ってるんだ。俺が代わりに行ければいいんだけど、そっちは俺ノータッチだから…」

二人の視線が申し合わせたように稜に注がれる。

「ああ、俺でよければ行きますよ」

稜はそう答えるしかなかった。実は稜もその日に既にホールの支配人にアポを入れていたのだが、二人から懇願されてしかもそれが伊崎に関してのこととなれば、イエスと云うしかないではないか。

「行ってくれるか？」

「いいですよ」

稜が頷くと、西村が大袈裟に両手を挙げて見せた。

「よかったー！　櫻澤ちゃん厳しいから、プライベートを仕事に持ち込んだら怒られるんじゃないかって思ってた」

「こらこら、西村さんそれは云いすぎ」

松江が申し訳なさそうな顔で稜を見た。

稜は確かに仕事に関しては滅多に妥協はしない。仕事相手にも最低限プロとしてのものを望む。それが徹底しすぎていてときどき誤解を生むことがあるのだ。

それでも、たぶんチームの中の誰よりも稜が一番時間を費やし成果を上げていることを皆が認めているから、チームは比較的うまくいっていた。

「そういえばこの前、伊崎くんに櫻澤ちゃんが彼女居るって話したら、びっくりしてたよ」

稜は苦笑するしかない。

「彼女、どんな人？」

「…なんでそういうこと興味あんの？」

「だって気になるんだもん。他の女の子にも聞かれてるのよ」

稜はこのままはぐらかすのも面倒だったので、この際西村たちには本当のことを云っておくことにした。

「…あのさ、ほんとは彼女居ないんだ」

「え…」

更にビールを呷《あお》ろうとする西村が、ふと手を止めた。

「けどここだけの話にしといて。合コンとか誘われても困るし」

「…困るの？」

「俺さ、ちょっと前に振られたばっかりなんだ。今は誰かと付き合う気はない」

「…その人のことまだ好きなんだ」

西村はしんみりとなった。

「櫻澤ちゃんって、冷めてるように見えて実はそうじゃないんだね」

ちょっと事実とは違うとはいえ、あながち嘘ではない。伊崎とはもうまったく望みがないというのに、まだ好きなのだから。

「でも失恋を乗り越えるには新しい恋を始めるのが一番よ」

「…タフだね」

稜はそう云うと、松江も同じ意見らしく稜を見て苦笑した。

「この仕事が終わったら、東京で合コンのセッティングするよ」

「合コンって、西村さん、彼氏居るんじゃなかった？」

松江が口を挟む。ふと西村の顔が暗くなった。

「…いるわよ。けど、二十八にもなってまだブラブラしてんの。今だってどうせ浮気してるに決まってるのよ」

西村は稜よりも三つか四つ年上なのだ。

「私の付き合う男ってそんなんばっかりなのよ！」

「いっそ、櫻澤ちゃんと付き合ったら？」

「あーそれいい。櫻澤ちゃん、男前だし、仕事できるし、文句なしよ。彼女のこと忘れられるまで待つし、私」

「ははは。何云ってんだか」

「ほんとよー。私、もうダメ男は卒業するんだもん」

「はいはい」

西村はすっかり酔っていた。

彼氏に不満があるという西村も、彼女とうまくいってないという伊崎も、稜にしてみれば二人とも羨ましい。

西村の愚痴を聞きながら、このまま自分はずっと一人なのかもと思うと、何とも云えない淋しい気持ちになった。


松江に説得されたのか、伊崎は一度東京に戻ったようだった。そして一週間ぶりに見る伊崎の顔は、疲れが取れたようにすっきりして見えた。

「櫻澤、この間は代打すまなかったな。今度昼メシでも奢らせてくれ」

残業で残っている稜に、珍しく伊崎が話しかけてきた。部屋にはもう稜しか残ってなくて、がらんとしていた。

「たいしたことじゃないよ。ちょうどついでがあったから…」

本当はあちこちに頭を下げてやっと時間を調整したのだが、そんなことを恩着せがましく云うつもりはなかった。偽善者と云われようと、稜は伊崎が彼女とうまくいかずに落ち込んでいるのは見たくなかったのだ。

「ほんと？　ならよかった」

そう云って笑う伊崎はやっぱり男前で、そして彼がこんなふうに笑えるのは彼女のおかげなのだ。そのとき初めて、顔すら知らない彼女に嫉妬した。

きっと伊崎は彼女と仲直りをして、そして目一杯愛し合ったのだろう。

この男はどんなふうに恋人を抱くのだろうか。きっと情熱的なんだろう。櫻澤はなぜかそう思った。そんな妄想を振り切るように、聞くまでもないことを聞いてしまう。

「彼女とはちゃんと話できたか？」

稜の一言に、伊崎の表情がそれとわかるほど変わった。

「…彼女だって？」

その声には怒りが含まれていた。

稜には伊崎が急に不機嫌になった理由がわからなかった。

「あんた、俺が女と付き合ってるって本気で思ってたんだ」

「え、だって皆に彼女だって…」

「そう云った方がややこしいことにならないからだろ。あんたまでそれを信じてたとはね」

稜はバカみたいに伊崎を見ていた。

「つまり、あんたはあのときのことをすっかり忘れちまってるってことか…」

「あのときって…」

聞き返したのはその意味がわからなかったからではない。そのことが今の伊崎にとって重要なことだとは思いもしなかったからだ。

しかし伊崎にそれが通じるはずもない。

「あんたにとっては、所詮その程度のことだったわけだ」

伊崎は怒ったような呆れたような顔で苦笑した。

「彼女じゃなくて彼氏だよ。隠してるわけじゃないけど誰にでも喋ってるわけじゃない。会社の連中でも知ってる奴はいるけど、松江さんは本社では部署も違ったし、それほど親しいわけじゃないからまだ云ってなかった」

「……」

稜はすぐには言葉が出てこなかった。

それじゃあ、高校で彼女と付き合っていたのは自分の勘違いだったんだろうか。

「あんたはすっかり忘れてしまったみたいだけど、高校のころにあんたに告白したときから俺はずっとゲイだよ」

伊崎はそう云うと、自嘲げに笑ってみせた。

稜は何も云い返せなかった。口の中がからからに乾燥して、声が出ないのだ。

「なんだってこんな奴に惚れてたんだろうなあ。しかもそれがトラウマになっちゃって、なかなか立ち直れなかったんだよな。それが、当のあんたはそのことを覚えてもないんだもんなあ。ひでえ話だよ」

「お、覚えてなかったわけじゃないよ」

必死で返したはずの言葉は、言い訳にしか聞こえなかった。

伊崎は苦笑を浮かべただけだった。

「べつにいいさ。あんたが覚えてなかったのは仕方ない。トラウマだって今の男が癒してくれたから、俺だってずっとそのことは忘れてたしな」

その言葉にずきんと痛みを感じた。

あれが彼の少年期の勘違いではなかったのだとしたら、自分が振ったことはまったく意味のなかったことになる。

自分はただ、伊崎を傷つけただけだ。

「俺がゲイだってこと、喋りたければ喋っていい。あんたに口止めする気はないから」

「…云わないよ」

「それは自分のことも黙っててくれってこと？」

揶揄《やゆ》するような伊崎に、稜は泣きそうになるのを必死で耐えた。

「伊崎、あのときのことは…」

「今更いいよ」

云いかけた稜の言葉を、伊崎が遮った。

「今更あんたに謝ってもらいたくなんかない」

強い伊崎の拒絶に、稜はもう何も云えなかった。

「まあ、今にして思えばあんたと付き合わなくてよかったよ。あんなひどいこと平気で云える奴と一緒に居て、楽しくやれるはずないもんな。事あるごとに前の男と比較して俺をもっとみじめにしてくれたかもな」

伊崎の仕返しは止まらなかった。

「そういえば、もう小笠原聖はたらしこんだのか？　いやに執心だと思ったら、あいつバイだったんだな。友達に小笠原の話したら、今更だろって云われたよ。有名らしいな」

「…小笠原さんは関係ないよ」

小さい声で否定する。伊崎にはそれが気に入らなかった。

「片っ端から食いまくりらしいから、あんたも相手してもらったんだろ？　あんとき案内を買って出たのもそんな目的だったなんて、よく恥ずかしくないねえ」

「…そんなんじゃないし」

「よく云うよ」

伊崎は軽蔑したように笑った。その執拗さに、稜もちょっと眉を寄せた。

「俺のことはともかく、知りもしないで小笠原さんのこと悪く云うのはやめろよ」

自分のことなら何を云われても仕方ないと思っていたが、伊崎が自分以外の誰かを貶《おとし》めるのを聞きたくなかったのだ。しかし伊崎には稜が小笠原を庇《かば》っているように見えたようだ。

「いやに肩持つじゃないか。やっぱり付き合ってるんだろ？」

「あんなカッコイイ人と付き合えたら、とっくに自慢してるよ。あんたさ、小笠原さんが自分よりもずっともてるから妬いてるじゃないのか」

売り言葉に買い言葉だ。

「なんだって？」

「比べる相手が悪いよ。あんたも身の程を知れよ」

稜だっていつまでも云われっぱなしでいるほどお人好しじゃない。

「…やっと本音が出たな。そうやって人をバカにするのは得意だったよな」

「先に小笠原さんをバカにしたのはそっちだろ。おーむかしのこと持ち出してネチネチと」

云いすぎたと思ったときは遅かった。

伊崎の顔からバカにするような笑みは消えていた。もう掛け値なしで、本気で怒っていた。

「あ…、今の云いすぎた。ごめん」

「謝ることない。それがあんたの本音だろ」

「あ、あの…」

「いや、よくわかった。言い訳することないだろ。おまえって、高校のときから全然変わってないんだな、そうやって、他人に自慢できる、俺なんかとはケタ違いの小笠原みたいな男をちゃっかり手に入れたってわけか」

軽蔑したような目で稜を見る。

「ある意味立派だよ。初志貫徹しててさ。なんだっけ？　エッチのうまい大人の男？　いまだにそういうのが基準なんだな」

「…あんたには軽蔑されても仕方ないと思ってるよ」

稜は先に引いた。これ以上伊崎と不毛な云い争いをしたくなかったからだ。

しかし、逆に伊崎はそれにカチンときた。

「ていうかさ、もうあんたには興味ないよ」

伊崎は冷たく云い放った。

「俺はあんたと違って仕事にプライベートは持ち込まないから、あんたがどんなに嫌な奴でも仕事はちゃんとやるよ。けど仕事以外では顔も見たくないね。あんたは俺がずっと思っていた以上に、俺にとっては最低の奴だ」

言葉を投げつけて、部屋を出た。

稜は伊崎の背中を見送ることもできずに、震える手をぎゅっと握った。

失恋したのだ。

好きだと云うこともできないうちに、相手に徹底的に嫌われてしまった。

高校時代のことを謝ることもできずに、それどころかまた伊崎を傷つけたのだ。

いや、伊崎が傷ついたと思うことは自惚れでしかないだろう。伊崎は腹を立てただけで、こんなことで傷ついたりなんかしない。

ダメージを受けたのは自分だけだ。失恋だが、元々恋愛ですらなかった。

稜はまだ終わっていない仕事を途中でやめて、帰り支度をした。

アパートの近くのコンビニでビールを半ダース買って帰る。

そして明け方までひとりで飲んだ。

伊崎は表面上は特に変わったことはなかった。ただ、一度は稜の仕事ぶりから彼を認め始めていたのをやめただけのことで。

しかし稜にとっては、それだけのことではもちろんなかった。

今になって、伊崎が仕事仲間として認めてくれたことが自分にとってどれほど大きかったことなのかを思い知らされた。彼女が居ようが彼氏が居ようが、そんなこと関係なかった。伊崎に信頼されるということが、自分にどれほどの喜びを与えてくれたのかを今になって知ったのだ。

音楽祭までの間、どんなに自分がいい仕事をしようが、彼の信頼を取り戻すことはもうできないだろう。

なんであんなことを云ってしまったのだろう。自分もそして伊崎も、お互いにお互いを挑発していたような気がする。あれはいったい何だったんだろうか。

伊崎はあのときの仕返しがしたかったのだろうか。あのたった一回のことが、そんなにも彼を傷つけたのだろうか。

それを思うと、どんなに後悔してもしきれない。それでもやっぱり自分にはあのときああするしかできなかったと思う。伊崎も真剣だったのだろうが、稜も真剣だからこそ突き放すしかなかった。

伊崎が思っているほど、稜は器用ではないのだ。

大きな山を越えて準備も終盤戦を迎えたころ、皆の気が緩《ゆる》んだのか、それとも疲れが出たせいか、小さなミスが目立って増えてきた。

稜はできる範囲はフォローしていたが、明らかな手抜きは無視できなかった。

西村が嫌う市役所職員の金子が、清掃関係の打ち合わせを合コン優先ですっぽかしただけでなく、時間も間違えて伝えたのをすぐに連絡せずにいつまでも放っておいたのだ。

清掃関係の事業所は相手が市役所のため強く文句も云えずに、そのスケジュールの組み直しに難儀していたという話を役所とは違うルートから聞いて、稜は心底腹を立てた。しかも金子のミスはこれに限ったことではなかった。

駒田がやんわりと注意してもいっこうに効果がない。どうやら注意されていることもわかっていないようなのだ。

西村もすっかり切れて、次はぼこぼこにしてやると息巻いていたので、そうなる前に自分が云った方がいいだろうと稜は行動に出た。

それでもいちおう、人が居ない時間帯を狙うという稜なりの配慮はしてみた。

「ミスは仕方ないにしても、すぐに訂正しないと相手も困るだろう」

しかし金子は少しも反省してないようだった。

「ああ、いいのいいの。あそこは八割以上が役所の仕事なんだから、何とかしてくれるんだ。心配しなくていいよ」

まさにお役所仕事そのものの金子に、稜はさすがにむっとした。

「きみがちゃんと連絡すればいいだけのことだろう。自分のミスで他人の手を煩わせるなよ」

「ミスって失礼だなあ。だいたい、あんたはこの件は関係ないんだから口挟むなよ」

すっかり逆切れだ。

「そうやってまた迷惑かける気か？」

こんな奴にいいように云わせておく気などない。

「予定どおりに仕事することくらい、難しいことじゃないだろう。それをしてくれって云ってるだけだ」

稜の厳しい言葉に、日頃から稜を気に入らない金子はよけいに反発した。

「櫻澤さん、あんた自分の立場考えたら？　俺にそんな偉そうなこと云えるのか？」

金子はこのイベントの意義も何もまったくわかっていないのだ。自分が上に垂れ込んだら、稜が外されると思い込んでいる。

「謝るなら今のうちだぞ」

勝ち誇ったように金子が云うと同時に、松江が部屋に入ってきた。

「あれ、何か揉めてる？」

険悪な雰囲気を感じ取った松江がわざと混ぜ返すように云う。いつもなら稜もそのへんでやめておくのだが、今日は引くつもりはなかった。

「ミスをした方が謝るのが筋だろ」

「何だと？」

気色ばむ金子を松江が慌てて止めた。

「おいおい、こんなとこでやめろよ」

そのときすぐ隣りの給湯室から伊崎が顔を出した。

「もうそのへんでやめとけよ」

「聞いてたのか？」

金子の言葉に、伊崎はカップ麺を見せた。

「腹減ったんでラーメン食ってたら、でかい声で喧嘩始めるから嫌でも聞こえる」

「……」

「とりあえず櫻澤は云いすぎだ。あんな云い方されて怒らない奴は居ないだろ」

稜は信じられない思いで伊崎を見た。

「自分がミスしないからって、他の奴に厳しすぎるんだよ。もうちょっと柔軟に考えろよなあ」

伊崎の揶揄するような言葉に、稜は切れそうだった。

「金子くんもうるさい奴にからまれたと思って、ここは流してやってよ」

「まあ、伊崎さんがそう云うなら」

金子はにやにや笑って、部屋を出て行った。

「何かわからんけど、うまく収まってよかったね」

松江がそう云うのを無視して、稜は黙って仕事に戻った。

「何をカリカリしてんだか」

稜は振り返ると、伊崎に殴りかかった。が、殴りつける寸前で拳を止めた。

「おいおいおい」

松江が慌てて駆け寄る。

「櫻澤ちゃんらしくないよ」

「…事情も知らずに口挟みやがって…!」

吐き捨てるように云って、伊崎を睨《にら》み付ける。

わかっている。伊崎は金子の肩を持ったわけじゃない。ただ、自分に皮肉を云いたかっただけなのだ。そのくらい、おまえのことが嫌いなんだという意思表示なのだ。

「そっちこそもうちょっと考えろよ。金子みたいな奴はすぐに逆恨みする。で、その持って行き先は恨んでる相手ばかりじゃない。より弱いとこにいくんだよ」

「…ああ、そうかもねえ」

松江が伊崎に同意する。

「あんたは清掃会社のためにしてるつもりでも、あんたのせいでよけいに迷惑がかかることだってあるんだ」

「それは…！」

「金子みたいな奴は適当に持ち上げておけば、それなりに役に立つ。要は使い方だよ」

稜は一瞬押し黙った。それが伊崎のやり方なのだろう。しかしどうも釈然としない。

「あんたは人を使うのが下手なんだよ。そのくせちゃんとやれてる気でいる」

「おい伊崎、おまえも云いすぎだぞ」

「いいんですよ。云わないとわからないんだから」

「…人を使うのがうまいなんて思ったことはないよ。ただ社会人として当たり前のことを注意してるだけだ」

「だからその云い方を考えろっての。あんた、相手をへこませることしか考えてないだろ。そういうとこ、人間としてどうかと思うね」

「伊崎、いいかげんにしろって。おまえだってそんな偉そうなこと云える立場じゃないだろう」

松江が一生懸命フォローしてくれたが、もう遅い。その言葉は稜に底知れないほどのダメージを与えていたのだ。

伊崎は何もわかっていなかった。伊崎の言葉は、稜に対しては場合によっては凶器になるということを。

好きな人から人間性まで否定されるのは、想像以上にきつい。

あそこまで云われて、それでもまだ好きなのか。

たぶんもう理屈ではないのだ。高校生のあのときから、自分はずっと伊崎に囚《とら》われ続けているのだ。

会わなくなって一年か二年すれば忘れられるだろう。それでもまた会えば、好きになってしまう。これはある種のウィルスみたいなものだ。一度入り込んだウィルスを徹底的に排除することはできない。

嫌われているとわかっていても、伊崎を好きになるのを止められなかった。

男の恋人が居ると聞いたときから、顔も知らない相手に嫉妬している自分に気づいて呆れることもあった。

伊崎が自分に書類を渡す瞬間に、その筋ばった長い指を意識するとやばい気持ちになる。

ちょっと掠《かす》れた声が、ときどき妙に色っぽく感じられて困ってしまう。

「何溜め息ついてんの？」

西村に声をかけられて、慌てて顔を上げる。

自分が伊崎を盗み見ていたのを、まさか見られていたわけではないだろうなと思って焦った。

「お昼行った？」

「いや、まだ。このメールの返事片付けてからだ」

「伊崎くんもまだでしょ。このあと一緒に行けば？」

「え…」

西村は稜の気も知らずに、伊崎に向かって叫ぶ。

「伊崎くーん、今の仕事終わったら櫻澤ちゃんとお昼行っておいでよ。ここは私が見とくからさ」

稜は俯《うつむ》いたまま内心舌打ちした。絶対に断わられるに決まっているのだ。

「あー、俺この後打ち合わせあるから」

予想どおりの答えだった。

伊崎が自分と食事に行くなんてことはあり得ないのだ。

「櫻澤、昨日頼まれてたリストできてるぞ」

そう云うと、近くの机にばさっと置いた。ごく普通の態度だ。

稜は椅子に座ったまま移動すると、リストを手に取った。

「ありがとう」

「どういたしまして」

伊崎は素っ気無く返す。稜の顔は見ない。

他のメンバーに仲が悪いと思われない程度に距離を取る。

稜はそのたびに落ち込む自分を笑いたい気分だった。

暫《しばら》くして上着を手に部屋を出て行く伊崎をちらりと見て、目が合いそうになって慌てて逸らす。

なんだこれは。まるで中学生のような片想いではないか。そういえば、こういう気持ちになるのは久しぶりかもしれない。

嫌われているのは辛いことだが、それでも毎日顔を見て話ができる幸せだけで充分だとも思っていた。

どうせもう嫌われているのだ。これ以上悪くなりようがない。そういう開き直った気持ちにもなっていた。

この仕事が終わればもう会うこともないだろう。

せめてそれまでは、伊崎の顔が見られることを幸せだと思うことにした。

それは、稜が松江と二人で残業していたときのことだった。

一本の電話に松江が顔色を変えた。

「え…」

そう云ったきり、松江は呆然としていた。

「…あ、はい。聞いてます。はい、すみません。すぐに調べて折り返し電話を…。はい。申し訳ありません」

平謝りで、受話器を握る手は汗でびっしょりだ。

「松江さん、大丈夫？」

稜は無視できなかった。顔色が真っ青だったのだ。

「…大変なことになった」

「何が…」

「俺、クビかもしれない…」

目の焦点が合ってない。

「花井麻衣《はないまい》のスケジュールが変更になったのを忘れて、変更前の日程でタイムテーブル作っちゃってた…」

「え…」

花井麻衣は今回のイベントの広告塔になっている、女性に大人気のモデル出身のタレントだ。イベント中もトークショーなどで参加してもらうことになっている。

「どうしよう。もうそれで進行しちゃってんだよな。いったいどうしたら…」

松江はへなへなと椅子に崩れた。

「花井麻衣のスケジュールを変更してもらうのは無理？」

「それは無理。前の予定がどうしても無理だから変更したわけだから」

「そっか…」

「伊崎にもなんて謝ったらいいか…」

「何で伊崎？」

「ああ、うちはこういう場合連帯責任になるんだ。だから伊崎も何らかの責任をとらされることになるだろう…」

稜はちょっと眉を寄せた。

「とりあえず、本社に連絡しないと…」

受話器をとる松江の手を稜が止めた。

「櫻澤くん…？」

「今電話しても向こうも混乱するだけじゃないかな。どうするのか決めてから連絡しても遅くないと思う」

「そうは云っても…」

「とりあえず、落ち着いて整理してみよう」

稜に説得されて、松江は本社への連絡は後回しにした。

「最新のポスターとかプログラムはまだ印刷入ってなかったよね」

「あ、ああ。それは大丈夫」

「じゃあ告知しちゃったとことかある？」

「情報誌にファックス流したよ。三日前に…。今からじゃ訂正が間に合わないとこもあるかもしれないな…」

「とりあえず、手分けして電話しよう」

二人はリストの片っ端から電話していった。

一社、既に印刷に入ってしまっている雑誌を除いて、何とか他は間に合った。

「一社だけですんでよかったよ」

稜の言葉に、松江は力なく頷いた。

「ああ…」

「次号で訂正文載せてくれるって云ってくれたし、テレビとかネットやらそれこそいろんな場所で情報を流していけば、たいていの人は気付くだろうから大丈夫だよ」

「…そうだな」

それにしても松江がこんなミスをするとは信じ難い。稜はメンバーの中でも一番慎重だと思っていたのだ。

その原因に稜は心当たりがあった。

「…奥さんの具合、よくないとか？」

稜の言葉に、松江は苦しそうに笑った。

「やっぱり子供は諦めた方がよかったのかも。あいつには負担が大きすぎたんだ…。このままだと二人とも危険なんだ」

松江はどんなに遅くなっても、入院中の妻を見舞ってから帰宅していた。そのせいで仕事に集中できていないこともあった。

「入院してたんだ？」

松江は妻の容態のことを誰にも話していなかった。

「ああ。こんなこと、言い訳にはならないんだけどね」

「松江さん…」

「妻が苦しんでるときに力になれないばかりか、仕事にまで支障が出るなんて…」

がっくりと力を落とす松江に、稜はできるだけ明るく云った。

「大丈夫だよ。それよりミスをカバーすることを先に考えなきゃ。できるだけ早く新しいタイムテーブルを作って再度打ち合わせをやるしかないよ」

「…わかってる」

「今日は徹夜だな」

「櫻澤ちゃん…」

「悪いけど今日は見舞いはなしね。電話で我慢してもらうんだね」

稜はそう云って、パソコンに当日のコンサートのタイムテーブルを呼び出した。

「心配かけないようにね」

「…ありがとう」

松江は稜に感謝して、妻に電話をする。

その間、稜は給湯室にコーヒーを入れに行った。

「松江さん、考えたんだけど…」

稜は彼にコーヒーを差し出すと、自分の分をひと口飲んで僅かに云いよどんだ。

「あのさ、今回のミスは俺がやったってことにしとかない？」

「何云って…」

「松江さんの会社、こういうミスには厳しいんだろ？　クビにはならないまでも、出世には明らかに響くって聞いた」

松江も伊崎もこのイベントが無事成功すれば昇進が間違いないことを、稜は駒田から聞いて知っていた。

「それはそうだけど、だからって櫻澤ちゃんの責任にするわけには…」

「うちの会社は成果主義だから。どんなミスをしてもそれをうまくフォローできてればお咎《とが》めなしなんだ」

「だからって…」

「うちはウェッジと違って、細かい役職とかランクが全然ない。だから出世に響くとかもまったくないし、上司に報告する義務すらない。報告するのは上に泣きつきたいときだけ」

稜はにっこり笑って、コーヒーを飲んだ。

松江は暫く黙っていたが、やがて笑いながら頭を振った。

「櫻澤ちゃん、気持ちはすごい嬉しいよ。ほんと、ありがと。けどやっぱりこれは俺のミスだから…」

それを聞いて、稜はにっこりと微笑んだ。そんな松江だから、力になりたいと思ったのだ。

「松江さん、奥さんや伊崎のことも考えてみてよ。ここはうまく立ち回って、奥さんも後輩も安心させてあげたら？」

「…いや、やっぱりダメだよ」

「もしかして、俺が信用できない？」

「そういうことじゃないよ。ただ失敗したことの責任はとらないと」

「責任って何？　ミスの穴をカバーすることだよね。それをきっちりやればそれでいいと思うんだよね」

「…そうかもしれないけど」

「松江さんひとりのことなら、それでもいいと思う。でも奥さんは？　自分のせいだって自分を責めるんじゃない？　伊崎も連帯責任とらされて、それがキッカケで恋人と別れることになっちゃったらどうする？」

「櫻澤ちゃん…」

「俺がやったことにするのが一番問題が少なくてすむよ」

「…金子には相当な嫌味を云われると思うよ？」

「そんなの屁でもないよ。それもほんとに自分がミスったんならへこむけど、こういう経緯なら俺はむしろ平気だし。どっちかというと、松江さんの方がきついかも」

稜は簡単に引き下がらない。松江は不思議に思って聞いてみた。

「櫻澤ちゃんは何でそこまでして、俺を庇ってくれるの？」

その質問に稜は少し躊躇《ちゅうちょ》しながら話し出した。

「…実は俺ゲイなんだよね」

稜の突然の告白に、松江はなんて云えばいいのかわからなかった。

「だから、子供は持てないんだ」

稜はそう云って小さく微笑む。

「それだけに松江さんの奥さんには無事に子供を産んでもらいたい。よけいな心配事が心労になったりしたら大変だ」

「櫻澤ちゃん…」

「奥さん、不妊治療続けてやっと授かったんでしょ？　西村さんから聞いた。大事にしなきゃ。松江さんは自分のミスを自分で最後まで責任もてない悔しさがペナルティみたいなもんだって考えればいいよ。それも全部赤ちゃんのためなんだから」

子供の話になると、松江はうっすらと涙を浮かべて指で乱暴に拭《ぬぐ》った。

「…ありがとう。この恩は一生忘れないよ」

「大袈裟だな」

「ほんとだって」

「赤ちゃんが無事に産まれたら抱かせてよ。それでチャラだ」

「…櫻澤ちゃん」

結局、松江は稜の説得に折れた。稜はちょっとほっとする。

松江に云ったことは本心だが、それ以上に伊崎の力になれることが嬉しかった。ただの自己満足でしかないのだが、伊崎本人でさえも知らないところで、自分は彼の役に立てている。

それだけで充分だった。


朝のミーティングで、稜は昨夜の件を報告した。

「…櫻澤くんらしくないな」

駒田が困った顔になった。

「すみません。確認を怠《おこた》った俺のミスです」

稜がミスを犯したとなると、当然金子が黙っていない。

「日を間違えるなんて、どうかしてるんじゃないか?」

「……」

「他人には厳しいことを云ってるわりには、自分の仕事もきちんとできないとはねえ…」

尚も続く金子の嫌味を稜は無視した。

稜は言い訳しなかった。ただこの場に松江がいなくてよかったと思った。自分のミスで自分以外の人間が責められるのを黙って見ていなければならないなんて、針のむしろだ。そんな思いを松江にさせたくなかった。

松江には、最優先でホール側の人間と再度打ち合わせをしてもらっていた。稜もミーティングが終わればすぐに走るつもりでいる。

「それで…？」

駒田が先を促した。

「告知関係をストップさせましたが、ひとつだけ間に合わないとこがあって…」

会議室がざわついた。

「雑誌です。次の号で訂正を入れてもらうことになってますが…」

「次号で訂正って、それ見なきゃ誤解したまんまってことじゃないか。それでいいと思ってるわけ？」

金子はここぞとばかりに攻撃を始める。

「ウェブやテレビ、ラジオで大きく宣伝することで、気付いてもらえるんじゃないかと」

「日ごろ、観客の立場になって考えろとか偉そうなこと云ってる人がこれかよ」

「…金子、もういい」

駒田が小さい声で云った。

「失敗を責め続けても何もならない。とにかく善後策を考えないと」

「俺は失敗を責め続けられたけどね」

金子は引く気はないらしい。

「…善後策は既にとっています。松江さんに手伝ってもらって、新しいタイムテーブルを組み直して、再打ち合わせを始めてます」

「それで大丈夫か？　誰か手伝った方がいいなら…」

「冗談だろ。そうでなくても人手が足りないのに…」

云いかける金子を遮って、稜が云った。

「必要ありません。松江さんが手伝ってくれるので二人でやれます」

そのとき、ずっと黙っていた伊崎が口を挟んだ。

「やれますって、なんで松江さんが手伝うことになってんの？　松江さんは今日俺とテレビ局の取材があるんだけど」

稜は松江に聞いてなかったことなので焦った。

「…ごめん、それ伊崎ひとりだけでやってもらえないか?」

伊崎の顔がちょっと曇った。

「ずいぶんと勝手なんだな。他人がミスしたら自分で何とかしろって云うくせに、自分のときは他人にそのツケを回して平気なんだ」

「…わかった。それじゃあ松江さんにテレビ局に行ってもらうように頼んでおくよ」

その言葉に、伊崎はよけいにカチンときた。

「そういうこと云ってるわけじゃない。ものを頼むには順序ってものがあるだろう。先ずあんたはこの前のことを金子さんに謝罪すべきじゃないのか」

伊崎の論理は稜には理解できなかった。

もしかしたら伊崎はこういう機会を待っていたのかもしれない。金子以上に。

皆の前で稜に恥をかかせたいのだ。つまりこれは仕返しなのだ。それも高校時代の。

「伊崎くん、私がその取材付き合うよ。だったら問題ないでしょ?」

フォローしてくれたのは西村だった。

「なんで櫻澤ちゃんが謝罪しなきゃならないんだか。この中で一番働いてて、他人のフォローまでしてるのは櫻澤ちゃんだけじゃない」

西村は戦況を見守っているだけの他のメンバーを睨んだ。

「俺はべつに助けてもらった覚えはないけどな」

「何云ってんのよ！　あんたが東京に戻ったときに、櫻澤くんは自分の仕事があるのにそっちを変更して…」

「西村くん、きみの気持ちはわかったから」

駒田が西村を止めた。

「ここでこんなふうに喧嘩してる時間なんてないわけだろう？」

そう云って稜を見る。

「…すみません。今後は充分気をつけます」

「そうしてくれ。で、本当にヘルプはなしでいいんだね？」

「大丈夫です」

「よし。じゃあこの件はここまで。それと、日にちの間違いを訂正できる機会があれば積極的に訂正すること。全員そのつもりで」

金子は不満顔だったが、駒田は無視した。

稜はほっとして出かける支度をしていると、目の前に伊崎が立っていた。

「…なんで松江さんに手伝ってもらってんの？」

稜は一瞬バレたのかと思ったが、そうではなかった。

「あんた知らないのかもしれないけど、松江さんの奥さん入院してるんだよ。よけいな仕事増やしてほしくないいんだけど」

それを云われると、稜には返す言葉がない。

「それじゃあ、伊崎くんが手伝えばいいじゃない」

横から西村が口を出した。

「なんだと？」

伊崎の声がいきなり冷たくなって、西村がちょっとびびる。

「あんた、こいつとデキてんのか？　さっきからやたらと庇うじゃねえか」

「何云ってんだか。あんたバカじゃないの」

西村も負けじと返す。

「櫻澤ちゃんが今までやってきたこと考えてみなさいよ。誰が一番働いてると思ってるの。何が金子に謝罪しろよ。まるでいいがかりじゃない」

「なんだと？」

いがみ合う二人を稜が止めた。

「西村さん、悪いのは俺だから」

「櫻澤ちゃん…」

「伊崎、きみの云うとおりだ。松江さんに甘えてたよ。これからはできるだけ自分でやるようにするから…」

そう云うしかなかった。それを聞いて西村が慌てた。

「何云ってんのよ。ひとりでやったら今週中にはできないわよ」

「何とかするさ」

そう云って笑う稜に、伊崎は返す。

「あんたさ、そうやって全部自分で解決しようとすんのやめなよ。なんか俺らのことバカにしてるみたいだぞ」

伊崎の言葉に、稜は驚いた。

「そんなつもりじゃ…」

「そう見えるって云ってんの。もっと他の奴を信頼しろよ」

そう云うと、さっさと自分の仕事に戻った。

「櫻澤ちゃん、気にすることないわよ。でも他の人をもっと頼れってのは私も賛成。ひとりで背負い込むことないわ」

「…ありがとう」

「伊崎くんも、もっと頼りにしてほしいんだと思うよ。ミーティング前にこの話聞いたときに、櫻澤がミスするわけない、ガセだろって云ってたの伊崎くんだから」

「え…」

「あれで、櫻澤ちゃんのこと本当に信頼してるみたいね」

西村はちらと稜の目を覗《のぞ》き込む。

「…櫻澤ちゃんと伊崎くんって高校の同級生だって？　そのときに何かあった？」

稜は思わず彼女から視線を逸らしてしまう。

「あ、やっぱりね。それで伊崎くんは櫻澤ちゃんにわだかまりみたいなものを持っていて、自分が櫻澤ちゃんを信頼してるのを認めたくないのよ、きっと。だからさっきみたいに見当違いの話持ち出して謝罪しろとか、わけわからんこと云い出したりするみたいね。あいつもたいがい変な奴よ」

そう云って肩を竦めてみせる。

「ま、とりあえず、一人で抱え込まないで何でも相談してよ」

姉御肌の西村はぽんと稜の肩を叩く。

稜は彼女の気持ちが本当に嬉しくて、しっかりと頷いた。

稜が遅い時間に庁舎に戻ると、皆帰った後で誰も残っていなかった。

と思ったら、部屋の奥から伊崎の声が聞こえてきた。

「おい、切るなよ。ちゃんと俺の話聞けよ」

相手は恋人らしい。それも揉めている。

ふと伊崎は稜に気づいた。

一瞬どうにも気まずい空気が流れたが、稜は黙って机の上に残された伝言のメモに目を落とした。それを見た伊崎が、電話を切って話しかけてきた。

「シカト？　あんたいつもそうだね」

「え…」

稜のデスクの横に立って彼を見下ろす。

「そうやって冷めた目で見て、どうせバカにしてんだろ」

「そんなこと…」

稜をシカトするのは伊崎の方だ。今日に限ってからんでくるとは彼らしくない。

よく見れば、少し離れたところにある彼のデスクには、ビールの空き缶がいくつか転がっていた。

「けどさあ、喧嘩になったのはあんたのせいでもあるんだから、責任感じてほしいよな」

「俺のせいって？」

「あんたがミスしてくれたせいで、松江さんの仕事が俺に回ってきちゃって、それで先週は帰れなかったんだよ。それでヘソ曲げられた」

伊崎に云われて稜は焦った。

「ごめん…、俺…」

「嘘だよ。べつにあんたのせいじゃない」

そう云って力なく笑う。どうやら彼は酔っているらしい。

「けど…」

「俺がこっちきてから、ずっとこんな感じだ。もう修復不可能だな」

「伊崎、おまえ酔ってる？」

「職場で酒飲むなとか云うなよ。そんなこと云われなくてもわかってるから」

稜には何も云えなかった。伊崎がこんなふうになるとは想像もつかなかった。

「…笑ったらいい。あんたから見れば、俺は情けないだけにしか見えないだろう。あんたならきっともっとうまくやるんだろうな」

伊崎がなぜそんなふうに自分のことを思ったのか、稜にはわからない。しかし、きっと伊崎はそう思うことで高校時代の失恋を乗り越えてきたのだろう。

「器用に生きてきたんだろうなあ。想像つくよ。プライベートと仕事はきっちり分けて、仕事中は相手のことなんて考えもしない。さぞかし理性的に恋愛しててんだろうなあ」

稜は黙って笑うしかない。

伊崎は酔っていて、自分がどうしてこうも執拗に稜にからんでいるのかわからなくなっているのだろう。

「…なあ、ひとつだけ聞いていいか?」

伊崎は稜をちらと見た。

「なに…」

「あんた、付き合ってるのって男?」

窺うように自分を見る目に、稜の心臓は鼓動を早めている。

「…今付き合ってる奴はいないよ」

稜の答えに、伊崎は露骨に溜め息をついた。

「そういうこと聞いてるんじゃないよ」

稜は唇を湿らせて云った。

「…俺は男としか付き合ったことはないよ」

「これからは？」

「これからも」

「ふうん」

伊崎はそう云って頷いただけで、新しいビールを空けた。

稜は云おうか云うまいか迷ったが、それでも口にしてしまっていた。

「伊崎、それじゃあ車乗れないだろ？　送ろうか？」

伊崎が酔った目を稜に向けた。稜はその視線を逸らすことができなかった。

「…あんた、俺を誘ってんの？」

そんな言葉にぞくりとする。

「そんなわけないか。あんたが俺に興味あるわけないもんな」

「そんなこと…」

「ま、俺も興味ないから一緒だな」

きっぱりと云われて、稜は曖昧に笑うしかなかった。

ごまかすような笑いを浮かべた稜を、伊崎はいきなり引き寄せた。

「え…」

唇を薄く開いて、伊崎は稜に口付けた。

稜はわけがわからずに、ただ頭の芯まで痺れてきて抵抗できなかった。

伊崎の唇は吸い付くように稜を貪《むさぼ》り、挑発的に舌が入り込んでくる。稜は彼に身を任せるように、そのキスに応えていた。

ふと唇が離れると、伊崎は僅かに眉を寄せた。

「悪い…」

小さな声で云うと、稜から離れる。

稜は胸が潰《つぶ》れそうだった。

「俺、タクシー拾うから…」

「…そう」

稜は視線を逸らして返す。

嫌がらせのつもりだったのだろう。それなのに一瞬でも何かを期待した自分が、たまらなく惨《みじ》めだった。


突然のキスのせいで稜はよく寝られなくてぼうっとした頭のままで出勤すると、伊崎は昨夜の

ことなどまるで覚えていないという態度で、稜を更に落ち込ませてくれた。

キスの理由を聞こうとは思わない。酔ったせいの衝動、ただの悪ふざけ、どうせそんなところだろう。

恋人の代わりにされなかっただけでもマシというのものだ。

それでも、稜の唇にはまだ伊崎の唇の感触が残っている。からませた伊崎の舌の感覚をまだ生々しく思い出せる。

ちらと盗み見る伊崎は、やはり何もなかったような態度だ。もしかしたら本当に酔っていて覚えていないのかもしれない。

まるで自分だけ取り残された気分だったが、考えてみれば彼が覚えていない方がいいのかもしれない。

その日は朝から外回りの仕事だったので、いつまでもこんな気分を引き摺っていてはいけない。

活を入れ直して駐車場に向かうと、西村が追いかけてきた。

「櫻澤ちゃん、途中まで乗せて行ってもらえないかな」

「どうぞ。あんまり乗り心地よくないけど」

「ありがとう」

彼女は乗り込むと、シートベルトを着けた。

「今朝のミーティング、金子さん出席してなかったでしょ。どうやら外されたらしいよ」

「え、そうなの？」

西村は、にやりと笑ってみせた。

「伊崎くんと私でやってる花井麻衣のイベントの企画ね、金子さんに手伝ってもらってたのよ。タレントに会えるとかテレビ関係とかのミーハーな企画が大好きだから、まああいつにしちゃ真面目にはやってたのよ」

なるほど、伊崎は自分で云ったように金子をうまく使っていたというわけか。

「けど、結局のところあいつは無能だったから、またやらかしたわけよ、大チョンボを」

「またかよ」

「そう。しかもまた性懲《しょうこ》りもなくバイト生のせいにしようとしたもんだから、伊崎くんがとうとう切れてさ」

「伊崎が…？」

「おまえには金輪際《こんりんざい》、メディア関係の仕事はさせないって。櫻澤に悪者になってもらって嫌な思いさせてまでして持ち上げてやったのに、ほんと使えねえって」

「なにそれ…」

「でもカッコよかったよ。伊崎くんって本気で怒ると迫力あるのよ。あの金子さんがびびってて必死で謝ってるの」

「へえ、見てみたかったなあ」

「でしょでしょ。今更謝っても遅いっての」

稜が見てみたかったのは、金子ではなく格好いい伊崎のことだったのだが、そんな姿を見て今更惚れ直しても辛いだけなので、まあ見なくてよかったと思うことにした。

「話を聞いた駒田さんが取りなしても伊崎くんはもう撤回する気は全然ないって云うし、結局べつの仕事に回ってもらうってことになったみたいだけど、それが気に入らないのか金子さんの方で降りたみたい。あいつ、テレビ中継の現場に入れてやるとか、タレントに会わせてやるからって云って女の子釣ってたみたい」

「最低だな」

「ほんと最低。元々このチームに入ったのもそれが目的だったみたい。それで広報関係の伊崎くんに対してだけは低姿勢だったのね。ああいう奴っているのねー」

「どうせ縁故採用とかだろ」

「なんか、いいとこのアホ坊らしくて、あいつのいる課でも扱いに困ってたらしいよ。それでこっちに押しつけたんじゃないかな」

「役所の恥を外に発信するかねえ」

西村の話によると、おいしい仕事ができないとわかると、捨て台詞を残して課に戻ったとのことで、二人で思わずハイタッチをした。

「けど、あのアホからボロカス云われた例の件、結局櫻澤ちゃんひとりで完璧にフォローしちゃったね」

「ひとりじゃないよ。松江さんにいろいろ手伝ってもらったし」

「でも、結局私や伊崎くんには全然頼らなかったよねえ。ほんと可愛くない奴だ」

稜は自分のためでなく松江のために、他の人の手を借りないと決めていた。二人だけで解決することが最初からの目標で、周囲に気を遣う松江の負担にならないようにするつもりだった。

西村の気持ちは嬉しかったが、これだけは譲れなかった。

「けど、無理なときは西村さんが助けてくれるって思ってたからやれたってとこあるよ」

「櫻澤ちゃんからそんな殊勝な台詞を聞こうとは…！」

「それに、金子にぐうの音も出ないようなフォローで見せつけてやろうって思ったから、あいつもそういう意味では役に立ったよ」

稜は照れ隠しにそう云って笑う。

「けど、役に立たない金子とはいえ抜けると人手が足りなくなったりしない？」

「ああ、それね、金子さんの上司と駒田さんとで欠員補充してくれるって。前からやりたがってる子がいて、何度かボランティアで参加してくれてるのよ。彼女に頼むつもり」

「それはいいね。けど、なんで最初からその人が入ってくれなかったんだろ」

稜がそう思うのは当然だ。

「教育関係の部署に居る人なんだけど、なかなか代わりの人が見つからなかったみたい。できる人はどこでも頼りにされるから忙しいのよ」

「そういうことなら、よけいに期待を持てるね」

「うん。もっと早く追い出したかったけど、まあなかなかそうもいかなかったわけだし。でも自分から辞めてくれたんだから揉め事も起こらなくてよかったかもね。伊崎くんも云ってたけど、ああいう奴って逆恨みしそうじゃない」

「確かに」

「けど、あの金子さんでもウェッジには逆らえないことくらいはわかってるようね。何しろスポンサーさまだもんね。これで一件落着ね」

「それじゃあ、その新しい人が入ったら歓迎会のセッティングするよ。ミスのお詫びも兼ねて、俺の奢りで」

そう云いながら、軍資金は松江に出してもらうことを考えていた。もちろん彼は喜んでそうするだろう。

「櫻澤ちゃんが歓迎会！　しかも自腹！」

「そのかわり、すっげ安いとこね。ビールも二本目からは飲む奴が払う」

「きゃー、せこーい」

西村は楽しそうに叫ぶ。

「私たち、いいチームよね」

「だね」

「私、これまでも他の会社の人たちと組んで仕事したこと何度かあるけど、今回のが一番大変で、でも一番いいチームだわ」

西村はまっすぐ稜を見て云った。

「櫻澤ちゃんがほんとに一生懸命だったからだと思う。皆もそう思ってるよ」

「…そうかな」

「そうだよ。櫻澤ちゃん面と向かってこういう話されるの苦手みたいだけど、この日程ミスのことだって、皆何かできることないかって私に聞いてきてたもん。あのとき櫻澤ちゃんはぴりぴりしてて声かけんなオーラが出まくりだったから、直接云えなかったみたい」

「……」

「風間さんは東京戻ってるときだったけど、心配して電話してきたんだよ」

「…そういえば、俺にも電話くれたよ」

「そうそう、心配して電話したのにあっさり大丈夫ですからって云われちゃったよって。それでも何かできることあったらすぐに連絡してって私に」

云われてみれば他にも思い当たることはある。

それまで稜が主にチェックしていたご意見メールを、誰かが先にチェックしてくれるようになっていた。しかも項目別に分けて、要点をつけた形でまとめられていた。郵便物のチェックも同様だった。他にも外回り中の電話でも、可能な限り用件を聞き出してまとめておいてくれた。

稜の負担が軽くなるように、皆が彼に黙って動いてくれていたのだ。

作りすぎたからと、サンドイッチを作ってきてくれたスタッフもいた。そのときは残業してる全員に配られたので、ただついでなのだと思っていたが、もしかしたら稜のためにわざわざ作ってくれたのかもしれない。

自分一人で走り回っていると思っていたけど、気付かないところでこんなに助けられている。そしてそれにまるで気付かないほど、自分はぎりぎりだったことを改めて感じた。

「愛想なくて、他人に厳しくて、可愛げもなくて。でも皆、櫻澤ちゃんがいつも遅くまで残って仕事してるの知ってるから。誰よりもがんばってるの認めてるから。そういうの見てるから、皆もがんばってくれたんだと思う」

「…西村さん、泣かせないでよ」

稜は茶化してそう云ったが、実際泣きそうだった。

「櫻澤ちゃんが感激して泣いていたって、歓迎会で報告するわ」

「どうせまた西村さんが酔っぱらって幻覚でも見たんだろうって思われるだけだよ」

「ほんと、可愛くないわねー」

「俺が性格まで可愛かったら、弱点なくなるでしょ」

ふふふと笑って車を停める。

「いやー、この人、自分が男前だって知ってるー」

「西村さんだって自分のこと美人だって知ってるじゃない」

稜の言葉に、不覚にも西村は真っ赤になった。

「…櫻澤ちゃんに美人認定してもらってるとは思わなかったよ」

稜が迂闊に女性を褒めないのは、誤解されるのを避けるせいだ。

「なんで？　俺がゲイだから？」

稜は悪戯っぽい目で彼女を見た。

「え…」

「西村さん、気付いてたでしょ？」

彼女の目が驚いたように見開かれる。稜がゲイだと気付いたことを、稜が既に気付いていたからだ。

「…もしかしたらとは思ったけど」

「合コン嫌がるし、女の子の話しないし、美人見ても褒めないし？」

「まあそんなとこ。それと、伊崎くんのことね」

そこまで気付かれていると思ってなかったので、稜の目が一瞬油断した。彼女がそれを見逃すはずがなかった。

「やっぱり」

稜は心底困った顔になった。

「あんたたちの関係ってどうもおかしいと思ったのよね」

「…墓穴掘ったよ」

「ほんとね」

「お願い、内緒にしといて。ゲイ云々はどうでもいいけど、伊崎のことは…」

稜は手を合わせて拝んだ。

「ほんとに好きなんだね。だからあんだけ好き勝手なこと云わせておいたんだ」

稜はそれには何も云わなかった。今日の自分は西村の反撃を逃れる自信がない。これ以上墓穴を掘って伊崎に迷惑がかかったらまずい。

「好きな相手が彼女持ちってのは辛いね」

「…まあ慣れてるけど」

「東京戻ったら、ゲイの友達にコンパセッティングしてもらったげよか？」

「…よろしくお願いします」

稜はちょっと考えて、頭を下げた。

「うわ、この人ゲンキンだよ。合コン嫌いなんじゃなくて、女じゃ不満だっただけなんだ」

「悪いかよ」

「いいえ、素直な櫻澤ちゃんは意外に可愛いよ」

「それはどうも。けどいいかげん、約束の時間過ぎてるんじゃないの？」

「え…」

西村は時計を確認するなり、大慌てで走っていった。

人との出会いとは本当に不思議だ、と稜は改めて思っていた。自分がこの企画を立てなければ、西村たちとは永遠に知り合うこともなかった。それが、彼女ばかりでなく他のスタッフたちにも強い仲間意識を感じるまでになっている。

何となく、伊崎のことも整理できそうな気がしてきた。西村の云うように、コンパに出るのもいい。積極的に出会いを作るのだ。今はそんな気分だった。


金子に代わって加わった職員は、期待以上の優秀さで、稜たちの負担を軽くしてくれた。

梅雨が過ぎ、暑い夏がやってきて、イベントは本番を間近に控えた。

稜の会社では東京の本社から沙耶香や相田を初めとして、殆どの社員が駆けつけてくれて、いよいよ本番という引き締まった気持ちになった。

空港まで出演者を迎えに行ってホテルに案内するのも、彼女たちの仕事だ。

ちょうど夏休み中ということで、音大生を対象にボランティアを募集した。地元の高校生の協力も取り付けた。

予想以上に集まったボランティアは頼もしいが、それをまとめるが大変だ。ボランティア長を集めて何度も研修を行った。

スタッフは誰もがぎりぎりで、彼らのために市役所の宿直室とシャワー室が開放された。

「夏なんだから、どんなに眠くてもシャワーは絶対に浴びてください。迷惑ですから！」

西村が切れたように風間に怒鳴っている。

「櫻澤ちゃん、昨日何時間寝た？」

風間は電話の返事を待ちながら、稜に聞く。

「…よく覚えてない。ご飯食べようと思って、カップラーメンにお湯入れたんだけど、どうも待ってる間に寝ちゃってたみたい。電話で起こされたんだけど、麺が膨張してカップから溢れそうになってるの見たら笑いのツボに入っちゃってさ、笑いすぎて目が冴えちゃった」

そう云うと、また思い出したのか必死で笑いを堪《こら》えている。

「それ、食べたの?」

「…食べたよ。新しいの作ろうと思ったら、駒田さんから電話があって、なんか偉いさんに挨拶に行くから付き合えって云われて、時間なかったからそのラーメン持って行って車の中で食べたよ」

「うわ、悲惨だな…」

「すっかり冷めてたけど、麺がふやけてけっこう腹膨《ふく》れたぞ」

風間と西村が可哀相なものを見る目で稜を見た。

「もうこんな生活もあと少しだからな」

「そうだな。とりあえず今日は二時間だけでも寝られたらいいなあ」

虚《うつ》ろな目で云う稜の携帯に電話が入った。

「え、小笠原さん?」

稜の背筋がぴっと伸びた。

「はいっ、櫻澤です！」

声にも張りが戻っている。

「ご無沙汰してます。え、もうホテルですか？　……はいっ、これから伺います！」

いったいどこにそんな元気が残っていたのか、稜は電話を切るといそいそと部屋を出ようとして、すれ違いに戻ってきた伊崎に呼び止められた。

「これ、初日のカメラクルーの予定表。目、通しといて」

「あ、ありがと」

「…どっか行くの？　これからテレビ局のディレクターと打ち合わせあるぞ」

「それ松江さんが行くはずじゃあ…」

「松江さん、奥さんが産気づいたから病院行くって。それで俺がピンチヒッター」

「わ、赤ちゃん産まれるんだ？」

「今夜かもね」

「そっか。産まれたら俺にもメールして」

そう云ってこそこそ部屋を出る稜を、再び伊崎が止めた。

「おい、一時間後だぞ。わかってんな？」

「えーと、それはうちからは俺じゃなくて山戸が行くから」

本当は二人で行く予定だったが、この際沙耶香に押しつけることにした。

「山戸さんだけ？」

「そ。あの人プレスの扱いは慣れてるから大丈夫」

「大丈夫って、何が…」

「櫻澤ちゃんはこれから音楽プロデューサーと打ち合わせでーす」

稜は思わず西村を睨んだ。

「小笠原？　てめえ、ふざけたこと云ってんなよ」

「ふざけてないし。山戸は全部ちゃんと把握してっから問題ないの。昨日海外プレス向けに説明会やったくらいだし。全部任せて大丈夫」

「なんて無責任な奴なんだ。ミーハーもたいがいにしろよな」

「うっせえ、これも仕事なんだよ」

そう云い返して、小笠原のホテルに急いだ。

実は明日のゲネプロも見学予定としてスケジュールに組み入れている。このくらいの役得は許されるだろう。その時間に寝ればいいのにというアドバイスを沙耶香たちからも受けているが、それはもう聞き飽きた。

睡眠時間は平均二時間を切って、しかもベッドで寝ることはここ一週間はなく、食事は膨張して冷めたラーメンという生活に我慢したご褒美なのだ。

稜はそう思うことにして、最上階スィートのドアを開けた。


昨日は小笠原に甘く口説かれてキスもされてしまったけど、それはきっとジョークみたいなものだろう。稜にはそれは充分にわかっていたが、とりあえず今日は食事や睡眠抜きでも乗り切れそうなくらいに最高にハイな気分だ。

稜がゲネプロの行われるホールに駆けつけるとまだ始まってなくて、フランス人のオケのメンバーが個々に音をチェックしていた。

ホールの壁際に立ってそれを見ていると、テレビクルーを引率した伊崎が入ってきた。

先に気付いた稜は、こそこそと人影に隠れたつもりだったが、すぐに伊崎に見つかってしまった。

「おい、何さぼってんだよ」

「さぼってないよ」

「…山戸さんに代わってもらったんだろ」

「やることやってんだから、このくらい大目に見てよ」

稜は下手に出て懇願してみる。伊崎は呆れたように溜め息をついただけだった。

「それより、そっちは今日はずっとテレビクルーの相手？」

ちらりと伊崎を見る。

「途中から松江さんと交代することになっている」

「松江さん、いいの？　赤ちゃんまだなんだろ？」

「奥さんに怒られたんだって。こんな大事な時期に仕事休んでる場合じゃない。仕事放り出してきた亭主が側にいたら、よけいに落ち着かないからさっさと仕事に出てって」

「そっかあ」

稜は唇を綻《ほころ》ばせた。

オケのメンバーが揃ったところで、小笠原が登場した。

カメラクルーがばたばたと移動する。それに気付いて、小笠原が客席を振り返った。

「撮影？」

「はい。よろしくお願いします」

ディレクターの言葉に小笠原は軽く頷くと、壁際の稜に目を留めた。

ふっと微笑して、稜に向けて軽く指をかざす。稜は慌てて頭を下げた。

「今の見た？　俺に気付いてくれたよ！」

小声で伊崎に自慢する。

「恥ずかしい奴…」

伊崎にバカにされても、稜はまるで気にしていない。

小笠原は最初にコンマスと何事か相談して、早いテンポでゲネプロを進めていった。

伊崎と一緒に小笠原の演奏が聴けるなどという夢みたいな出来事に、稜はすっかり酔っていた。

演奏はたびたび中断されて、その都度小笠原がフランス語で指示をする。それでも素人にもわかる圧倒的な才能を感じさせた。

ゲネプロはまだ続いていたが、伊崎はテレビクルーの意向で次の現場へ移動した。

仕事柄、稜はオケのゲネプロを何度か見学していたが、小笠原のオーラには圧倒された。強引にオケを振り回しながら、ぐいぐい引き込んでいく。本番で聴く音とはまた違う。

「お疲れ様です」

リハーサルが終わって、音響スタッフと話をしている小笠原に、稜はステージの下から声をかけた。

「あ、櫻澤くん、この後食事に行くけど付き合わない？」

「え…」

稜は嬉しいような困ったような顔になった。

「す、すごい行きたいんですけど、この後も仕事で…。今日はたぶん徹夜になりそうです…」

心底哀しそうな稜に、小笠原はくすくす笑う。

「それは残念だ」

「…はい」

しゅんとなる稜に、小笠原は指をかざして彼を呼んだ。

「本番は聴きに来れるの？」

稜は力なく頭を振る。

「四十五分も携帯の電源切ってたら、殺されちゃいます」

「そっかあ。ほんとに大変なんだね」

「でも、今すごくいいもの聴かせてもらったので、明日から乗り切れる元気が出ました」

「そう。あんまり無理しないようにね」

稜はこくこくと頷くと、急いで会場を出る。

外は日が暮れかけていた。日中の暑さが和らいで、風が少し涼しく感じられて何とも気持ちが良い。稜は夏の夕暮れが好きだった。

会場の外も明日からのための準備が進められていて、街全体が明日からの音楽祭を待ってうずうずしているような気がしてくる。自分が考えて推し進めた企画に、数え切れないほどの人の力が加わって、明日本番を迎える。

稜は多幸感でくらくらしてきた。

さっき聴いたばかりの小笠原のブラームスが、さざ波のように押し寄せる。

ぶるっと一瞬震えた。鳥肌が立った。

この瞬間、稜は間違いなく幸せだった。

妙なテンションで駐車場まで来て、そこで偶然伊崎を見つけた。

「撮影、終わったの？」

「いや、松江さんと交代。これからうちの社の応援チームを駅前まで迎えに行ってくるよ。会期中、俺のマンションに泊まってもらうから」

「飲みすぎないようにしろよ」

「終わるまで飲ませねえよ」

そう云って笑う。伊崎の屈託のない笑顔を見て、稜は目を細めた。

「ほんとに始まるんだな」

「…ああ」

「なんか、すげえな…」

稜のその言葉に、伊崎は茶化すこともせずに笑って頷いた。

たぶん、気持ちは通じていたのだと稜は思った。

何カ月も同じ目標に向かって走り続けてきたのだ。喧嘩したり、助け合ったりして、ここまできた。肉体的には限界はとっくに超えている。お互い同じくらいぼろぼろなだけに、わかり合えていたのだ。

稜はさっきからの感情の高ぶりに突き動かされたのか、黙っていられなくなった。

「あのさ、俺、あんたに聞いてほしいことがあったんだ」

「…なに？」

聞き返した伊崎は優しそうに見えた。なので思い切って云ってしまった。

「俺、あんたのこと好きなんだ」

切羽詰った云い方になってしまって、思わずごまかすように笑ってしまう。それを見て伊崎の顔が変わった。

「なんだ、それ…」

「え…」

「小笠原に振られて、それで俺か？」

「え、違うよ」

「俺があいつと喧嘩してたの聞いて、それで…」

「違うよ！」

慌てて言い募る。が、伊崎の冷たい目に心臓が凍えそうな恐怖を覚えた。

「何が違うんだ。失恋の弱みにつけこもうとしてるんだろ。俺があんたにキスしたから誤解してるのか？」

その言葉に、稜は強く打ちのめされた。キスのことはちゃんと覚えていたくせに、伊崎は何もなかったように振る舞っていたのだ。

「俺はあんたみたいな不誠実な人間が一番嫌いなんだ。他人を傷つけてそのことを覚えていないだけじゃなく、その相手に平気で好きとか云えるなんて、俺には考えられない。あんたのことは何ひとつ信頼できない」

ここまではっきりと云われて、稜に何が云えるだろう。

泣きそうになるのを必死で堪えて、不自然な笑い顔を作る。それは伊崎には笑いでごまかしているように見えたらしく、よけいに気分を悪くさせてしまった。

「俺ら、まだ別れてないから。東京に戻ったらまたやり直しだってできるわけだし」

「……」

「どっちにしろ、あんたと付き合う気なんてこれっぽっちもないから」

付き合ってくれと云ったわけではない。付き合ってほしいなんて思ったことすらない。振られるのは最初からわかっていた。

ただ、好きだと云いたかっただけなのだ。けどそれすら伝わらない。

伊崎の背中を見送りながら、稜は胸が痛かった。


撃沈の稜だったが、失恋の感傷に浸っている暇があるはずもなかった。

朝早くから集まってくれたボランティアたちの顔を見ると、俄然力が湧いてきた。メイン会場を歩き回ると、徹夜明けのスタッフたちが最終チェックの真っ最中で、出迎えの準備はほぼできあがっていた。チケットブースに並ぶ客の姿も増えだしてきて、稜は心の奥底から熱いものが込み上げてきた。

後先顧《かえり》みず衝動的に告白してしまったが、会期中は持ち場がまったく異なるため顔を合わせることもないだろうことは幸運だった。

そして、稜にとっては今はそれどころではない。

「おはよう」

振り返ると、沙耶香と悠子が立っていた。

「いよいよね」

「…はい」

「今までも大変だったけど、今日からもまた大変よ。今度は直《じか》にお客さんとのやりとりになるからね」

「はい」

「事故さえ出さなきゃ、多少のトラブルは気にしないことよ」

稜はしっかりと頷いた。

沙耶香にもらった手作りのサンドイッチを片手に、本部で調整にあたる。

駒田が出勤してきた後は彼にそれを譲ると、稜はトランシーバーと数台の携帯を持って現場に出た。

「あ、小笠原さんだ」

街中のあちこちに置かれたスクリーンに小笠原の顔が映し出されていた。

時計を確認すると、開会の五分前だった。小笠原の挨拶の後に各会場の扉が開くのだ。

スクリーンの小笠原はイベントの趣旨を短く語って、そして開会の挨拶をした。

「楽しみましょう」

その言葉に、拍手が湧き起こった。

「始まったよ…」

稜はしゃんと背中を伸ばした。

街中のいたるところが笑顔で溢れていた。

華やかにラッピングされたシャトルバスが街を走り回り、皆が浮かれたようにそわそわしていた。

次はどの演奏を聴くのがいいのか熱心に吟味している老夫婦や、演奏が終わるや否や次の会場に急ぐクラシックマニア、終わったばかりの演奏の批評を交わしている学生たちの姿があちこちで見られた。

音大生の管楽器のグループが駅前広場で子供向けの曲を演奏しているのを、小さな子供が目を輝かせて見ている。中には曲に合わせて踊り出す子供も居る。そんな我が子の姿を、目を細めて両親たちが見守っていた。

さっきまで大ホールで演奏していたはずのロシア人の新進ヴァイオリニストが、燕尾服を脱いでシャツとジーンズ姿でカフェで飛び入りの演奏をして、ヤンヤの歓声を浴びている。

地元のケーブルテレビとローカル局が共同で、終日コンサートの様子を伝え、町中に設置された大型スクリーンにもそれは流され続けた。

取材にきている海外のメディアもいくつかあった。

稜のイメージがそのまま形になっていた。

伊崎とのこともすべて帳消しにできるほど、いやそれでお釣りがくるほど、素晴らしい体験だった。

音楽祭の最終日には、出演者たちのためのパーティが開かれて、稜は何とか小笠原に挨拶したくて潜り込んだが、彼は大勢の若い音楽家たちに囲まれていて、とても自分が声をかけられるような雰囲気ではなかった。

すべてが終わって、市役所の会議室でスタッフたちの打ち上げが行われた。稜が遅れて参加したときには、伊崎はもう居なかった。

そしてチームは解散となり、それぞれ自分たちの本来の職場に戻っていった。

音楽祭の成功は大きく取り上げられた。

経済効果は予想以上で、各方面から注目されることになった。

小笠原は帰国時の貴重な時間を取材で忙殺され、ヨーロッパ公演のために慌ただしく日本を発った。

駒田は市長に直接呼ばれて、今後も続けていくためのバックアップを取り付けた。

そして、伊崎も本社に戻ると早速チーフへの昇進が待っていた。

音楽祭に合わせた新商品の売れ行きは快調で、生産が間に合わないほどだった。

稜が発案して伊崎が担当したラッピングカーも評判は高く、終わった後も音楽祭仕様のデザインをアレンジした納品トラックを引き続き全国に走らせていた。

内示が出ると、伊崎は松江から飲みに誘われた。

彼らは本社では部署が違ったので、イベント後は社内でもなかなか会うことがなかったのだ。

ひと月ぶりの再会を祝って、二人は乾杯した。

「そういえば、西村さん結婚するって聞いてる？」

「あ、俺のとこにもメール来てた。何でも葉月《はづき》ちゃんを見て決めたらしいじゃない」

葉月とは音楽祭の真っ最中に産まれた松江の娘だ。

「何かさ、うちの女房と意気投合したらしくて、東京に戻ってからも一度遊びに来てくれたんだよね。酔って、やっぱり赤ちゃん産みたい！　とか叫んでたし」

「あの人、産む気あるならあの酒癖の悪さは直してほしいね」

伊崎はそう云って笑った。

「伊崎は、櫻澤ちゃんと連絡とってる？」

松江の言葉に、僅かに伊崎の表情が冷たくなった。

「…いえ」

松江はやっぱりそうかと頷いて、ぐいとビールを飲んだ。

「あのさ、ずっと黙ってようかとも思ったんだけど、やっぱりおまえには云っておいた方がいいと思ってさ」

無事に子供も産まれて、妻も元気になって、しかも昇進というめでたいこと続きの松江には、どうしても気になることがあったのだ。

「何すか？」

「実は櫻澤ちゃんのことなんだ」

「……」

伊崎は少しだけ身構えた。

「日程ミスのあれ、実は俺のミスなんだよなぁ」

「…え？」

「櫻澤ちゃんがミスしてそれを俺が手伝ったことになってるけど、実はあれまったく逆なんだ」

「逆…」

「そう。あのときは女房が一番やばいときで、仕事に集中できてなかった。それで確認を怠ったんだ。櫻澤ちゃんはフォローを手伝うわけじゃなく、自分の責任にしろって云ってくれた。もちろん最初は断ったよ。けど、櫻澤ちゃんの会社はミスで降格することはないとかいろいろ云ってくれて、それで彼の好意に甘えたんだ」

伊崎は言葉を失う。

「何でそんなことを…」

「俺やおまえのことを心配してくれたんだな。特におまえが俺の巻き添えになることを心配してたみたいだ」

「俺が…？」

呆然とする伊崎に、松江は少し声を潜めて云った。

「…彼、ゲイなんだって。知ってた？」

松江の言葉に伊崎は驚いた。

「あいつがそう云ったんですか？」

「そうだよ。ゲイだから自分は子供は持てない。だから奥さんに元気な子供を産んで欲しいとか云われちゃってさ…」

「……」

「こんなこと云ったらおまえは引くかもしれないけど、もしかしたら櫻澤ちゃんはおまえのこと好きだったんじゃないかって」

「え……」

「そうでなきゃ、俺のことそこまでして庇わないだろう。あの金子に嫌味云われるのを百も承知で引き受けるなんて、いくら会社に責任とらされないからって、あのプライドの高い櫻澤ちゃんには相当な決心だったと思うよ」

「松江さん…」

「あ、いや、おまえはそんなこと云われても困るだけだよな。すまん」

松江はそう云って、伊崎にビールを注いでやった。

「べつに応えてやれとかそういうことじゃなくてさ。おまえのこと好きだっていうのも俺の勘違いかもしれないし」

「……」

「ただ櫻澤ちゃんがおまえのために何かしてくれたことは、知っておいた方がいいと思うんだ。それが真実だからさ」

うんうんと頷いて、冷奴に箸をつける。

伊崎は注いでもらったビールをじっと眺めていたが、ふと顔を上げて唐突に云った。

「松江さん、俺もゲイなんです」

松江はつついていた冷奴に箸を突き刺してぐちゃぐちゃにしてしまった。

「な、なんて？」

「社内でもうちの部の親しい奴にだけ話してる。松江さんに話したらかえって迷惑かけると思って黙ってたんです」

「…そ、そうなの？」

自分から振った話題とはいえ、思わぬ告白に松江は力の抜けたような返事しかできなかった。

「櫻澤は…。高校のときに俺が一目惚れで告白して手ひどい振られ方をしたもんで、ずっと恨んでた。それがこんな形で再会して、しかもあいつはそのこと全然覚えてなくて…」

「覚えてないって？」

「なのに、今になって好きとか云いやがるから…」

「え…？」

「ちくしょう！」

伊崎は割り箸を力任せに折った。松江はびくっと腕で顔を庇う。

「…松江さん、あいつのこっちでの住所知ってる？」

「は、はい？」

松江は伊崎のペースに全然ついていけていない。

「えっと、携帯番号なら…」

「そうじゃなくて住所。あいつには直接会って話さないと…」

伊崎の剣幕に、松江はちょっと警戒した。

「お、おまえ、喧嘩はよくないぞ。下手に殴ったりすると傷害罪とか…」

「殴ったりなんかしませんよ」

「住所教えて、俺が後で恨まれるようなことになったら…」

「松江さんから聞いたって云いませんよ」

松江は迷ったが、それでも自分が教えなくても稜の会社に電話するなりすればどうせわかることだと思った。

「…確か名刺の裏に書いてもらってたはず…」

云いながら、名刺入れを探す。

「ああ、あった。これだ」

松江が探し当てた稜の名刺を、伊崎は横から奪った。

「これ、借りるから」

椅子の背にかけた上着を取ると、財布から一万円札を抜き取った。

「足りなかったらあとで請求して」

「え、多いよ…」

「多い分は今度また奢ってください」

そう云い置いて、伊崎はすごい勢いで店を出て行った。

ひとり取り残された松江は、あっけにとられながらも、なんだか笑ってしまっていた。


飲んでいた場所から稜のアパートは少し離れていたが、ちんたら電車を乗り換えて行く気にはなれずに、タクシーを拾った。

ナビ付きなのを確認すると、名刺を見せて住所を入力してもらう。

到着するまでの間、伊崎はいろんなことを思い起こしていた。

レセプション会場で再会したときの自分の動揺。自分が稜にとってきた態度、そのときの稜の反応。わざと見ないようにしてきた稜の表情。

タクシー料金は躊躇するほどの金額だったが、このときの伊崎は気にならなかった。

名刺の住所どおりのアパートは、防犯システムもエレベーターもないこじんまりした二階建てだった。

廊下に灯りが漏れていて、稜が帰宅しているのがわかった。

伊崎は深呼吸をして、インターホンを押す。

「はあい」

中から直接声がして、確認もせずにすぐに玄関のドアが開いた。

「よう」

伊崎と目が合うなり、稜はノブを握ったまま、その場に硬直してしまった。

「え、なんで…」

「今、いい？」

「あの、なんの…」

「いいかげん、決着つけたいんだ」

「は？」

「高校んときのこと」

稜の顔が緊張した。

「…中入っていいか？」

「あ、ああ。散らかってるけど…」

稜は慌てて伊崎を中に通す。

部屋は稜の言葉どおり片付いてなくて、そのせいでより狭く見えてしまうしょぼいワンルームだった。

「あ、適当に座って…」

床に散らかったものを一カ所に寄せて、伊崎の座る場所を作る。そして冷蔵庫を開けると、中を覗いた。

「何か飲む？」

「いや…」

「ビールならあるけど…」

稜はとりあえず缶ビールを取り出して、テーブルに置いた。

外が暑かったせいか、伊崎は黙って一気に飲み干した。

「…松江さんから聞いたよ。あんたが松江さんのミスを庇ったこと」

伊崎の声は稜には冷たく聞こえた。

「ご、ごめん」

咄嗟《とっさ》に謝っていた。

「何であんたが謝るんだよ」

「…けど、騙してたわけだし」

「関係ないよ。悪いのは俺だ。自分でもわかってるんだ。俺はあんたに仕返ししたかったんだ。それであんなことを云った。自分でも最低だったと思う」

「そんなこと…」

「悪かった」

稜は小さく首を振る。

「それで、まさかあんたが会社で処分を受けたりなんかしてないだろうな？」

「あ、それは大丈夫。特に云ってないし。うちは自分で解決できれば問題ないから」

「だったらいいけど…」

ちょっと安心したらしい伊崎を見て、稜は意外だった。彼が自分のことを心配してくれるとは思ってもいなかったのだ。

「そういえば、伊崎も松江さんも昇進したんだって？」

「ああ。あんたのおかげだな」

「いや。けどよかったよ」

稜が微笑むのを見て、伊崎は思わず苦笑を浮かべた。

「仮にあれがあんたのミスだったとしても、俺はあんたをフォローすべきだったんだ。けど俺はそうしなかった」

「それは俺が自分でできると云ったから…」

「違う」

伊崎はきっぱり否定した。そして稜から目を逸らす。

「俺はいろんなことであんたに苛ついてた。あんたが俺にしたことを忘れてたことにもむかついたし、松江さんは信頼してるくせに俺の力なんて必要としてないって態度にもむかついた。なんかバカにされた気分だったよ」

伊崎の言葉は意外だった。

「小笠原にしてもそうだ。俺の目の前で、いかに彼が好きか嬉しそうに云われてみろ。気分悪くなって当然だろ」

「お、小笠原さんは単に憧れるだけっていうか…」

「手を出されたら応じてもいいって思ってただろ？」

稜は思わず黙り込んだ。その反応に伊崎はすっと眉を寄せた。

「俺はあんたを絶対に許せないと思ってたよ。あんたにとっちゃ忘れてしまうようなことでも、俺にとっては何年もトラウマになるような体験だったからな」

そう云って大きな溜め息をつく。

稜は何も云えなかった。

「けど、一緒に仕事をしてみると、あんたは仕事熱心でいつも周囲に気を配っていて、それでいて云うべきことははっきり云うしで、俺は嫌でも惹かれたよ」

その言葉に、稜はぞくりとした。しかし惹かれたと云った伊崎の言葉に、甘さは一切なかった。

「…やっと忘れられたと思ってたのに、悪夢みたいだったよ」

伊崎はやりきれないという顔をした。

「俺にはどうしてもあんたを無視できなかった。あんたのことが気になって、そのことで結局あいつとも別れることになってしまった」

稜が何か云おうとするのを、伊崎が軽く手をかざして制した。

「あんたのせいじゃない。俺があのチームに参加する前から、あいつとはうまくいってなかったから。ただ、あんたのことが気になってるのは結局バレた。他に好きな相手ができたんだろうって…」

好きな相手と云われても、まったく実感がない。

「俺は結局、いつもあんたに戻るんだ。あんなにひどいことされたのに…」

「……」

稜には何も云えなかった。自分が思っていた以上に、彼を傷つけていたのだ。

「あのとき俺は、自分がゲイだということを完全に受け入れることができずにいた。それでもあんたを好きなことは疑いようもなかった。何度も否定したけど否定しきれなくて、自分でもわけわかんなくてすごく悩んだ」

伊崎は言葉を切って、少し遠い目をした。

「それをあんたは鼻で笑ったんだ」

自嘲を洩らす。

「どれほどの決心をして打ち明けたのか、あんたにはわからないだろう」

その告白に、稜はまだ子供だった自分の考えの無さに強い後悔を感じた。

伊崎の深い傷に、稜自身も新たに斬り付けられた。

伊崎の傷と、その傷を自分が負わせていたことを知ったことへの二重の痛みに、稜はできるなら自分を殺してしまいたかった。

今更、自分に何ができるだろう。

「…ごめん」

消え入りそうな声で稜は云った。

謝ったところでどうにもならないことはわかっていた。それでも云わずにはおれなかった。

「それだけ?」

厳しい伊崎の声に、稜は顔を上げることもできなかった。

許されることだとは思わなかったし、許されたいとも思わなかった。ただ自分ができることは何でもしようと思った。

「あんた、この前俺が好きだって云ったよな？　何でそんなことが云えるんだよ」

「ごめん…」

「…謝るってことは、やっぱり好きじゃなかったってことか？」

「そうじゃない。あんたに嫌な思いをさせて悪かったと思って…」

「それじゃあ、まだ好きなのか？」

稜は俯いたまま頷く。伊崎は小さく苦笑したようだった。

「それは俺が大人になって経験を積んだから相手してやってもいいと思ったからか？」

伊崎は稜を追い詰めた。傷つけることで自分の傷を癒そうとしているかのように。

「俺はたぶんあんたが今でも好きだと思う。けど、あんたとは付き合えない」

稜は泣きそうな笑い顔を見せた。

ちゃんと伊崎を見て、そして頷いた。

「うん。伊崎がそう思うのは当たり前だと思う。俺がやったことは、どんなに謝っても許されることじゃない」

「…ああ」

そう答えながらも、伊崎は辛そうだった。そんな彼を見ていてると、稜は今更なのを百も承知で、本当のことを云っておきたいと思ってしまった。

「伊崎、こんなこと云っても今更だと思うけど、俺は高二のときからずっとあんたが好きだった」

　稜の告白に、伊崎の顔色が変わった。

「いいかげんなこと云うなよ」

　伊崎は稜を睨みつける。けど稜は引かなかった。

「いいかげんじゃない。あんたが好きだった。けど云えなかった」

「どうして？」

「…あのときの俺は快楽優先で本気で好きなわけじゃない相手と寝たりしてた。そういう自分があんたみたいなまっすぐな人間に手を出しちゃダメだと思ったんだ」

「なんだ、それ…」

「あんたは本当はゲイじゃないのに、俺が無意識に変な目であんたを見てたせいで、あんたが勘違いしたんじゃないかと思った。それなら俺が受け入れるべきじゃないって…」

「嘘だろ…」

　伊崎は呆然としていた。

「あのときはそう思ったんだけど、今にして思えば、俺は怖かったんだと思う」

「怖かった？」

「好きな相手から好きだって云われたのは初めてだったから、そういう相手に自分の本質を知られるのが怖かったのかもしれない。それで理由をつけて、あんたに諦めてもらおうとしたのかもな。結局俺は自分のことしか考えてなかったんだな」

「…そんなこと今更云われても…」

「うん。そうだね…。ごめん」

稜は小さく笑って見せる。それが泣きそうに見えて、伊崎は更に混乱した。

「あんたは、俺が好きだと云ったことを信じなかったんだ」

そうかもしれない、と稜は思った。あのときは自分の感情さえも持て余していて、伊崎の気持ちまでは考えられなかった。

「…そのとおりだ。あんたがあの後下級生の女子と付き合ったって聞いたときも、やっぱり俺のことは勘違いだったんだって思ったくらいだし」

「下級生の彼女って、なんでそのこと…」

「噂になってたよ。あんた、自分で思ってるより目立ってたし。彼女居ないの不思議がられてた。だから、付き合ってるらしいって噂もすぐに流れてきた」

「ほんとかよ…」

「一緒に帰るとこも見かけたよ」

そんなことまで稜が知っていたとは知らなかったので、伊崎は慌てた。

「…あれは、あんたに振られて落ち込んでるときに付き合ってくれって云われて…。自分が本当にゲイだと確信もなかったから」

「…そうだったんだ」

「でも結局はダメだったんだ。相手が女じゃ全然その気になれなくて、デートとかも面倒がってたらすぐに振られたよ」

「そっか…」

ぽつりと答える。

「つまり、あんたはそれ見て、俺がゲイじゃないって思い込んでたわけだ」

「そう…」

「じゃあ、今回のことも俺とのことを忘れてたわけじゃなくて…」

「うん。伊崎はゲイじゃないって思ってた。俺とのことはただの勘違いだったんだって。自分が後悔したくなくて、そう思いたかったんだろうな」

伊崎は言葉が出てこなかった。たったひとつのすれ違いが、更なるすれ違いを生んで、どんどん二人の距離を広げていったのだ。

「…今更だけど、伊崎は俺には眩《まぶ》しかったよ。健康で歪んだところがひとつもない」

「そんなわけねえだろ」

「俺にはそう見えたから」

「……」

「俺にとってあんたの存在が特別だからこそ、汚《けが》しちゃいけないと思った」

「…おまえ、バカだろ」

伊崎に云われて苦笑を返す。

「そうかもしれない。ほんっと、好みならさっさと手を出しとけばよかったって、あの後ずーっと悔やんでたよ。あんたと堂々と一緒に帰れる彼女に嫉妬してたし」

そう云って自嘲気味に嗤った。

「でも俺にはできなかった。仕方ない」

「結局、相性悪いってことじゃないか？」

その言葉に、稜はぴくりと震えた。

それが伊崎の出した結論なのだと思った。

「そうだね」

「きっと俺ら、付き合ってもうまくいかないと思う」

「…うん」

稜は自分が伊崎と付き合うなんて考えたこともなかった。伊崎がダメだと云うのなら、きっとそうなのだ。

伊崎は黙って稜を見ていたが、大きく溜め息をついて、立ち上がった。

「じゃあ俺、帰るし」

「あ、うん」

慌てて玄関まで見送る。

伊崎は稜を振り返ることなくドアを閉めた。

目の前で閉まるドアを暫く見つめていた稜は、ふと頬が濡れてくるのを感じた。

これで本当に最後なのだ。

溢れてくる涙を堪えることもせずに、声を殺して泣いた。

こんなに好きだったのだと、いつもいつも終わってから確認してしまう。

自分には彼に付き合ってほしいという資格はないのだ。ただ好きだと云えただけでもよかったはずだ。

そのとき、いきなりドアが開いた。

「おまえな、ふざけんなよ！」

稜は自分を睨みつける相手を、バカみたいに口を開けて見ていた。

「何で泣いてんだよ？」

怒っている。稜は慌てて目を擦った。

「べつに泣いてなんか…」

「あんた、ほんとにこれでいいのかよ？」

やっぱり怒っている。稜にはわけがわからない。

「まだあんたは傷つきたくないのか？　俺に振られるのが怖くて、付き合ってくれって云わないのか？」

「え…」

「自分は平気で振るくせに、自分が拒絶されるのは怖いんだ」

伊崎はもう一度自分を振るつもりで戻ってきたのだろうか。とっくに振られてるというのに。

「俺のこと好きなんだろう？　だったら付き合いたいって思うもんじゃないの？」

ぶっきらぼうに云う伊崎に、稜は小さく苦笑した。

「…好きだからって、付き合ってほしいって思ったことはないよ。そんなのはいつだって無理なことだったから」

伊崎の表情が僅かに歪んだ。

また怒らせたのだと思ったが、稜にはどうしようもなかった。

「振られるのはべつに、いつものことだからいいんだ。あんたには迷惑なことだったと思うけど、俺は好きだって云えただけでもよかった」

それは本心だった。

泣いていたのは振られたからだけではない。二度と会えなくなるからだ。

嫌われていてもいいからまた会いたい、ずっと見ていたい、その気持ちは本当だ。しかし稜の中に、好きだから付き合ってほしいという気持ちはなかった。

「…そうやって最初から諦めてれば傷つくこともないよな」

伊崎の言葉は稜の胸に小さな棘を刺した。

「確かに好きな相手と付き合ったことがないってのは同情するけど、それで何もかも諦めるのか？　あんた、それでいいの？」

その言葉は稜に衝撃を与えた。稜が自分で作ってきた殻を、外から誰かに壊してもらうのではなく、中から自分で壊せと云っているのだ。

「…云ってもいいのかな」

「うまくいくとは限らないけどな」

伊崎はそれとなく釘を刺した。稜は小さく微笑む。

「云っても困らせたりしないかな」

「まあ、しても仕方ないだろ。それが恋愛なんだから」

目から鱗《うろこ》だった。

稜は相手を不快にさせないことばかり考えてきた。それは同時に自分がそれで嫌な思いをしないためだったのかもしれない。

そして改めて考えてみる。

自分は伊崎と一緒に居たい。少し離れた場所でも、いやかなり離れた場所でもいい。たまに会って話ができれば最高だ。

「…あんたが好きだ。俺と付き合ってほしい」

稜は満面の笑みでそう云った。

それにはさすがの伊崎もたじろいだ。

「そんなに簡単に行くと思って…」

「わかってる。あんたは恋人とやり直すつもりなんだろうから」

「は？」

そう云えばそんなことを云った覚えはある。稜はそれを信じているのだ。

「ほんのときどきでいいから、あんたの気の向いたときでいいから、俺と会って…」

伊崎は呆れたように稜を見て、そして彼を引き寄せた。

「あんた、ほんとにバカだろ」

「伊崎…」

「祥久だ。ヨシヒサ」

耳元に囁きかける。ぞくぞくとして、稜は思わず目を瞑《つぶ》った。

「ちゃんと名前で呼べたらキスしてやる」

稜は慌てて顔を上げて伊崎を見る。至近距離で視線がぶつかって、慌てて逸らす。

「ほら、早く呼べよ」

揶揄うように云って大きな手を稜の頬に触れた。稜の背がびくりと震える。

あの筋ばった長い指が自分に触れたらどんなにいいだろうかと、何度も思った。それが現実のものとなっている。

「…早く呼んでよ。俺、キスしたいんだけど」

親指で唇を愛撫されて、稜はそれだけでもう身体中で感じてしまっている。

「稜、あんた色っぽすぎ…」

伊崎は掠れた声で囁くと、噛み付くように稜に口付けた。

欲しくて欲しくてたまらなかったキスが、からからに乾いた稜を少しずつ潤《うるお》していく。

貪るように互いの舌をからませて、夢でさえ叶わなかった幸福を感じた。

「…祥久」

自分でも信じられないほど甘えた声で彼の名前を呼んでいた。

「あー、もう我慢できねえ」

伊崎はそう云うと、靴を脱ぐのももどかしく、もつれるように玄関先で稜を組み敷いた。

「伊崎、ここじゃ…」

「伊崎じゃねえだろ」

云いながら、稜のシャツを捲り上げる。

伊崎のあの手で愛撫されていると思うだけで、稜は下半身が熱くなってくる。

伊崎のごつごつした指が器用に稜の乳首を弄《いじ》る。

「あ…」

稜の唇から洩れた声は、恥ずかしいほど甘い。

その甘い喘ぎをからめるとるようにキスをして、稜を追い詰める。そうしながらも、稜の好きなエロい指先は、彼の乳首を撫で続ける。

やがて伊崎の唇が移動して、耳たぶを軽く噛んで、うなじを舐める。そして、痛いほどに勃起した乳首にねっとりと舌を這わせた。

舌先で先端を突いて刺激したり、唇で挟んで軽く吸う。

稜の反応を確かめながら、少し焦《じ》らすように丹念に愛撫する。

「は、ぁあっ…」

稜の中心はもう十分に張り詰めている。前が恥ずかしいほど盛り上がっていることに伊崎はとっくに気付いているくせに、そこを触れようとはしてくれない。

「さっきみたいに呼べよ」

伊崎に云われても、稜は息をするだけで必死で、もう頭の中は真っ白だった。

ときおり甘えるような、縋《すが》るような声が混じって、それが伊崎にはどうしようもなく愛しい。

「稜、俺を欲しがれよ」

そしたらいくらでも与えてやるから、伊崎の目はそう云っていた。

「よ、祥久…」

少し戸惑いながら彼の名前を呼ぶ。

伊崎の唇が僅かに綻んだ。

「自分で扱《しご》く？」

「え…」

伊崎は長い中指をすっと稜の股間に走らせた。びくりと稜が震えた。

「きついんだろ？」

稜は泣きそうな顔で唇をきゅっと嚙んだ。

伊崎はにやにや笑って、そんな稜にキスをする。

「…触ってほしい？」

意地悪そうな目で稜を覗き込む。稜は必死で頷いた。

「ほんとはもっと焦らしたいけど」

ひどいことを云いながら、それでも稜のベルトを手早く外すと、もう既にきついほど勃起しているペニスを解放してやった。

「あ、やば…」

伊崎の筋張った大きな手に包まれた途端、稜はいきそうになるのを必死で堪えた。

「いいよ。笑わないから…」

唇を嚙んで震えている稜に、伊崎はこれ以上ないほど優しい声で囁く。

「あ、祥久…」

稜は自分の熱を持て余しながら、それでも震えるほどの幸せを感じていた。

「いけよ…」

促されると、稜は伊崎の手の中に自分のものを放った。

稜は恥ずかしくて思わず腕で顔を隠す。

「なんだよ、顔見せろよ」

「…いやだ」

抵抗する稜はやたら可愛くて、伊崎ももう限界だった。

「俺もあんたが欲しい」

伊崎のまっすぐな目に、稜は小さく頷いた。

稜の後ろに彼が放ったものを塗りつけて、指で中をほぐす。

「けっこう、きついな…」

伊崎の言葉に稜は赤くなる。

この二年近く、忙しすぎてまったくのセックスレスだった。

「もしかして…」

顔を覗き込まれて、稜は慌てて顔を背ける。

「ほんとに？」

「うるさいな」

伊崎の表情がたちまち緩む。そして、首の後ろに口付けた。

「うんと気持ちよくしてやるから…」

そう云って、片手で稜のものを扱きながら、もう一方の手で丹念に稜の中を慣らしてやる。

「すごい欲しがってひくついてるよ」

伊崎は揶揄ったが、欲しくてたまらないのは自分も同じだった。

「欲しい？」

稜はこくこくと頷く。

「じゃあ、名前呼んで？　さっきみたいに甘えた声で」

「あ、…よし、ひさ…」

「もっと、おねだりするみたいに…」

伊崎の要求は稜には難しすぎる。しかし、前も後ろも愛撫されながら囁かれると、稜の方もかなりめろめろになってきていた。

「…祥久ぁ…。焦らすなよ…」

眉を少し寄せて懇願する。

「ちゃんとできるじゃないか」

伊崎はにやりと笑うと、ゆっくりとほぐした指を抜き取った。そして硬く勃起した自分のペニスを押し当てる。

「現実なんだな…」

伊崎が不意に云った。

稜がその言葉に反応すると同時に、伊崎のものが自分の中に侵入してきた。

「あ…」

稜はたまらなくなって声を上げる。

久しぶりの稜には伊崎の怒張したそれは少しきつかったが、それでも少しずつ慣れてくると、快感の方が強くなってくる。

伊崎は微妙に角度を変えて腰を使う。稜はすっかり翻弄《ほんろう》されていた。

何度いかされたのかわからなくなったころに、ふと伊崎が呟《つぶや》いた。

「俺、すごい幸せだ」

伊崎の言葉は稜にも波のように届いた。

「あ、俺も…」

必死になって返す。伊崎が微笑んだのが見えて、稜は幸福感で涙が溢れてきた。

「稜、あんた俺のもんだ…」

視界が掠れていく中で、稜は確かに伊崎の声を聞いていた。

夏の残像《なつのざんぞう》

［第二話］

CROSS NOVELS

あのとき…。松江から打ち明けられたあのとき、稜のアパートに向かうタクシーの中で、伊崎《いさき》はいろいろなことを思い返していた。

稜とは直接の関わりはそれほど長くないが、伊崎にとってはそれだけではなかった。

高二になって同じクラスになったときから、ずっと彼のことは気になっていた。何というか妙な色気があったのだ。

中学生のころの伊崎は、恋愛に関してはかなり奥手だった。

そのころからもてたので告白はよくされたが、面倒なので断っていた。

一度、仲のよかった友達から彼女の親友を紹介されて、その友達の顔を立てるつもりで付き合ったことがあったが、当然長続きしなかった。部活や友達と遊んでいる方がよほど楽しい。

高校に上がってもそれは変わらなかった。

周囲が彼女を作って楽しそうにしているのを見ても、羨ましいと思うこともない。真面目な彼は、好きな相手ができるまでそんなことはどうでもいいと思っていたのだ。

そんな彼が初めて気になった相手が稜《りょう》だった。

稜は周囲に馴染んでいるように見えて、どこか浮いていた。同級生の中で少し大人びて見えていたが、無邪気に笑うとどうにも可愛くて、伊崎は彼から目を逸《そ》らせなくなっていった。

そのとき、相手が同性だからということでは、伊崎はあまり悩まなかった。まだそこまで深くは考えてなかったのかもしれない。

生活も部活中心で、まだ恋に悩むというわけではなかった。

それが一転したのは、稜がゲイだというのを聞いたときだった。そしてそれは特に秘密なわけではなく、彼らの間ではもう定着していることだったのだ。

同性愛者であることを隠さない潔さには憧れさえ抱いた。それがキッカケで、伊崎は今まで以上に稜を意識するようになった。

自分が彼を見るとときどき待っていたようなタイミングで視線が合うこともあって、うっかり期待しそうになることもあった。

しかしそのころの稜は付き合っている相手が本当に居たらしく、学校近くまで彼を車で迎えに来るのを伊崎も何度か目撃していた。彼は初めて片想いの切なさというのを知ったのだ。

今まで告白してくれた女の子たちに対して、あまり思いやりがあるとは云えなかった自分の態度を反省した。誰かを好きになるということは、こんなにも切なく辛いものなのだ。

そんなふうに真面目に悩んでいるときに、稜が男と別れたらしいというのを小耳に挟んだ。確かに、稜を迎えに来ていた黄色のロードスターを見なくなったなとは思っていた。だからといってすぐに告白しようとは思わなかった。真面目な伊崎には、まるで失恋の弱みに付け入るように思えたのだ。

三年になってクラスが分かれたときに決心した。うまくいかなかったときに、クラスが同じではお互いに気まずいだろう。伊崎はそこまで考えていた。

初めて恋愛感情を抱いて、一年想いを育てた末での決心だった。

他に好きな奴が居るとか、好みじゃないから付き合えない、と云う返事は当然覚悟していた。うまくいくと思っていたわけでは決してない。

しかし稜が突きつけた返事は、あまりにも人をバカにしたものだった。

そのときに、稜への気持ちが冷めればよかった。伊崎は強い怒りを感じたが、完全に気持ちが冷めたわけではなかった。嫌いにはなれても、吹っ切ることができなかった。そのせいで、その後もずっと気持ちを引きずることになってしまったのだ。


レセプション会場での突然の稜との再会で、伊崎はこれ以上ないほど動揺してしまった。

それを態度に出さなかった自分の精神力に感心した。伊達《だて》に歳はとっていない。高校生のころの自分ではない。

それでもあの瞬間を伊崎は何度も思い出してしまう。

許せないと思って、嫌いなんだと思い込むようにして、ずっと忘れようとしてきた。さすがにあれから十年ちかくたって、今では思い出すことは少なくなっていた。

それなのに、あの一瞬ですべての努力が無駄になってしまったのを知った。

たかが初恋の相手だ。恨んでいるから逆に忘れられないだけだ。その後もそう思っていた。

しかしそうではないことは自分でももう気付いていた。自分にとって、彼は他の誰とも違うのだ。

彼がそこに居るだけで自分は無視できない。頭ではあいつはダメだと思っているのに、それでも強く彼を求めてしまうのだ。

そういう相手と高校時代に出会ってしまったのは、伊崎にとっては不幸だった。それからずっと彼に囚《とら》われ続けることになってしまったからだ。

その後付き合う相手はどこか稜に似ていた。

これまでに何人かと付き合ってきて、いい関係も築いてきたつもりだったが、終わると必ず稜のことを思い出してしまう。

思い出すたびに苛《いら》つく。もう絶対に手に入らない相手のことをいちいち思い出してしまう自分に腹が立つ。

伊崎は決して執念深くはない。それどころか、さっぱりしすぎていて人にも物にも執着できない方だ。独占欲もあまりない方で、それが物足りないと恋人に云われたことすらある。

それなのに稜のことになると、自分でも理解し難《がた》いほど執念深くなってしまう。

そんな相手が何年かぶりに目の前に現れたのだ。どれほどの動揺《どうよう》か想像に難くないだろう。

それなのに稜は冷静だった。少なくとも伊崎からは冷静に見えたのだ。小学生レベルの嫌がらせをしてもクールにかわされる。なので自分も必死で彼を無視するしかなかった。

しかしそうやって無視すること自体が、稜を意識しまくっている証拠なのだと、自分でも薄々気付いていた。

自分で自分の気持ちを持て余しているときに、稜から告白された。

それは嬉しいよりも、わけがわからないという思いが先だった。

ふざけやがって。

伊崎は本気でそう思ったのだ。


「祥久《よしひさ》、どうかした？」

シャワーを浴び終えた稜が、髪をバスタオルで拭きながら伊崎の顔を覗《のぞ》き込んだ。

久しぶりに一緒に夕食を食べた帰り、伊崎は予約を入れていたホテルに稜を誘った。

伊崎が会社の独身寮に入っていたため、二人が一緒にすごすのはたいていは稜のアパートだった。しかし隣りに音が洩れるのを気にしないわけにもいかず、ときどきはホテルですごすこともあった。

二人の会社からもほど近い都内の一流ホテルの会員になって、ちょっと贅沢に広めの部屋で思うさま声を出してお互いを求め合うのだ。

「疲れてるんじゃないのか？」

「いや…」

「新しい仕事、大変なんだろ？　無理してるんじゃないか。べつに俺は毎週会えなくてもかまわないから、ゆっくり休んで…」

伊崎は最後まで云わさずに、稜を引き寄せてベッドに座らせた。

「会えなくてもいいなんて、冷たい奴だな」

云いながら、稜の首を撫でる。稜の身体がぴくりと震える。

「いや、そういう意味じゃなくて…」

「俺があんたに会いたいんだけど」

親指の腹でゆっくりと愛撫する。伊崎は稜が自分の手に欲情することを知っていた。

「お、俺だってそりゃ会いたいけど…」

「けど？」

「少しは我慢できるから」

実は稜は伊崎が前の彼氏と別れたのは遠距離恋愛のせいだと思っていたのだ。一緒に居る時間が少なくなって、すれ違ったのが原因だと。だから稜は仕事で会う時間が減ることでの文句は一切云わなかった。

「…我慢なんてすんなよ」

「いやけど、そういうわけにもいかないだろ」

そんな稜に伊崎は苦笑する。

「わがまま云えよ、ってこと」

「けど…」

「俺、わがまま云われるの嫌いじゃないんだ」

甘やかすように云って、稜に口付ける。

伊崎のキスは巧みだ。優しく包み込むように、そしてときに激しく追い詰めるように、稜を翻《ほん》弄《ろう》する。

「…稜って、意外に甘えるの下手だな」

キスを繰り返しながら、伊崎は稜の顔を覗き込む。稜はそんな言葉に真っ赤になって視線を逸

らしてしまう。伊崎にはそれが可愛くてたまらない。

「高校の時はすごい経験豊富って感じがしたのに、案外そうでもない？」

にやにや笑いながら云う。

「わ、悪かったな」

「全然悪くなんかないぞ。むしろ、俺は嬉しいんだけど？」

稜の膝の上に手を置いて、指の腹で愛撫する。稜は一瞬きつく目を閉じた。

「よ、祥久は、意外にべたべたするのが好きなんだな」

「ん？　おまえ、そういうの嫌いなの？」

伊崎は稜の膝の上に置いた手で、彼の裸の太ももをさする。たったそれだけのことに、伊崎にもはっきりわかるほど稜の身体が反応してしまう。

「稜、勃ってる？」

「うるさい」

「おまえ、俺の手を見ただけで勃起してるだろ？」

「ば…！」

反論しようとする前に、伊崎の手がハーフパンツの上から稜のものを握り込んだ。

「ほら」

稜は腕で顔を覆《おお》って目を背ける。

「…祥久…」

「ん？」

「…焦らすな、よ…！」

伊崎は笑って稜の腕を顔から剝がす。

「もうちょっと可愛く誘えよ」

パンツの中に手を入れながら、稜に口付ける。舌を激しくからめて、稜を貪る。

「は、あ…っ」

唇が離れると、唾液が糸を引いた。

伊崎は稜のパンツを少しずらすと、勃起したペニスを外気に触れさせた。

「先、濡れてるよ…」

囁いて、扱いてやる。

稜は薄目を開けて、自分のペニスを愛撫する伊崎の手を見ている。

「…俺の手、見てんの？」

「……」

「たまんない？　俺の手で弄られてびくびくなってるよ」

稜はきゅっと唇を噛む。

伊崎はそんな稜を見て微笑すると、身を屈めて彼のペニスを咥《くわ》えた。

「う、わ…」

丹念に舌を使って舐めあげる。

「は、はあ…あっ」

稜が伊崎を誘うように腰を捩《よじ》った。

「やらしい腰つきだなあ」

くぐもった声で云う。

「う、るせ…え…」

伊崎は尚も稜のペニスを舐めあげる。

「あ…っん…」

稜は我知らずにねだるような甘い声を出してしまう。

いやらしい音を立てて挑発するようにしゃぶってやると、筋張った指の腹で稜のバックの入口を擦った。

「指でいかしてほしい?」

稜は反射的に頷いていた。もう限界だったのだろう。

「濡らして？」

そう云うと、伊崎は指を稜に咥えさせた。

「ちゃんと濡らさないとあんたがつらいよ」

稜に指をしゃぶらせる。そして指を引き抜くと、伊崎は稜の後ろに中指だけ埋めた。

「あ…はあ」

稜が気持ちよさそうに息を吐く。

伊崎は中指で中を弄《いじ》ると、一度引き抜いて指を二本に増やした。

指先を折り曲げて、くいくいと中を刺激してやる。

「あ、ああ…ん」

稜の声がどんどん甘くねだるようになっていく。

ペニスをしゃぶりながら後ろも指で弄ってやると、稜はもう我慢ができないようだった。

「あ、も…出…」

必死になって伊崎に伝えようとする稜に、伊崎は薄く笑うだけだ。我慢できないなら出してしまえばいい、と云ってるような笑みだ。

稜は襲ってくる射精感を抑えられずに、とうとう伊崎の顔にかけてしまった。

「よ、祥久…」

「顔射されちゃったよ」

伊崎は嬉しそうに笑いながら云う。

「おまえが避けないから…」

「こういうのも悪くない」

本気でそう云うと、手の甲で口元を拭《ぬぐ》った。

「舐めてよ」

「え…」

「稜が舐め取ってよ。自分が出したやつなんだから」

伊崎の言い分に稜は眉を寄せたが、それでも伊崎の口元に舌を這わせる。

ぺろぺろと犬のように伊崎の顔を舐める。

そんな稜の顔を両手で摑むと、伊崎は深く深く口付けた。

「んじゃ、今度は俺ね？」

自分のベルトに手をかけると、稜をじっと見ながらゆっくりした動作で外す。ファスナーを下げて少しパンツをずらすと、勃起したものが勢いよく飛び出た。

「稜、触って…？」

彼の手を取って、自分のものに導く。

「ほら、あんたもしゃぶってよ」

勃起したものを触らせると、稜の顎に手をかけた。

「あんたに顔射してえ…」

伊崎にお願いされると稜にはそれを拒むことができない。

伊崎の大きなものを頬張って、懸命に愛撫する。

「あんた、ほんとにフェラはうまいな」

伊崎は満足そうに云うと、卑猥《ひわい》な音をたててペニスをしゃぶる稜の髪を撫でてやる。

「顔射もいいけど、今日は早くおまえがほしいから…」

伊崎はそう囁くと、稜の頬を軽く叩いてフェラチオを中断させた。

「おまえの中に入りたい…」

「あ、うん…」

稜を横向きに寝させると、背後から抱く。

「この角度だと、いつもより深く入るから…」

後ろから抱きかかえて片足を持ち上げると、ペニスの先端を稜の後ろに当てた。

「ひくひくしてるね」

「祥久…」

伊崎も焦らす余裕はもうなかったのか、稜の呼吸に合わせてぐっと腰を進めた。

「あ…」

「きつい？」

稜はそれには答えず、深く息を吐いた。

伊崎はいったん腰を引いて、次に更に深く彼自身を埋め込んだ。

「あ、ああ…！」

「すげ、いい…」

伊崎はそう云って、稜の耳を嚙《か》んだ。

「二週間ぶりだと、さすがにクるな…」

気持ちよさそうに息を吐く。そして自分のものを狭い稜の内壁に擦り付けて、更に稜の快感を煽った。

「あ、祥久…」

伊崎は腰を使いながら、再び勃起している稜のものに手を添える。

「気持ちいい？」

伊崎の質問に、稜はこくこくと頷いた。

「もっと気持ちよくしてやるよ」

伊崎は進入の角度を変えて、中を擦る。

「よ、し、ひさ……!」

「もっと声上げろよ」

「あ、や、……いい……!」

稜のエロい声は更に伊崎を煽る。

二週間ぶりということもあって、その後もバスルームからソファへ、そしてまたベッドへと場所を移して明け方までお互いを求め合った。


仕事は忙しくなるばかりで、付き合い始めて間もないというのに会えない日が続いていた。

そのことで稜が不満を云うことはなかったし、伊崎も最初はものわかりのいい稜を好ましく思っていたが、どこかで淋しさも感じていた。

稜は仕事のせいで約束をキャンセルしても文句ひとつ云わない。伊崎はどちらかというと恋人のわがままは何でも聞いてやりたいと思う方なので、何でも自分の中で解決してしまう稜を冷めていると感じることがあった。

不満というほどではないのだが、少し引っかかる。

時間をかけてお互いを理解し合っていけばいいと思いつつも、伊崎は何か物足りない。長いことずっと意識し続けてきたせいで、勝手な妄想を作り上げてしまったのかもしれない。伊崎の中の稜は、もっと不安定で奔放《ほんろう》でわがままだったのだ。


「ごめん。来週の約束、無理そう…」

出張先の会議の変更で、伊崎はまた予定をキャンセルすることになってしまった。

『あ…。そっか、仕事なら仕方ないよ』

「悪いな。けど水曜日は早く終われると思うんだ」

電話の向こうで稜は喜んでくれるものだと思い込んでいた。しかし、稜は残念そうに云った。

『あ、ごめん。水曜日は予定入ってる…』

「…誰かと会うの？」

『違うよ。その日はコンサートで静岡まで行くから…』

「静岡？」

伊崎はちょっと嫌な予感がした。

『うん。小笠原さんのショスタコなんだ』

伊崎は嬉しそうな稜の声にむっとした。

「なんで静岡まで…」

『都内でやるのとはプログラムが違うんだ。小笠原さんのショスタコは聴いたことないから、これは是非とも行かなきゃ』

ショスタコがショスタコービッチだってことくらい伊崎も知っていたが、小笠原のショスタコだから何だって云うのだ。自分との久しぶりのデートを蹴ってまで行く価値があるとはとても思えない。

元々キャンセルしたのは自分の方なのに、伊崎は勝手なことを考えてむかついていた。

「都内のも行くのか?」

『うん。…祥久も行く? チケット、会社に頼めば何とかなるかも…』

「興味ない」

伊崎は冷たく返す。初めて稜の方からデートに誘ってくれたのが小笠原のコンサートだとは、もう笑うしかない。

もちろん伊崎は笑う余裕などなく、何とも嫌な雰囲気で電話を切ってしまった。

忙しいのとむかついたのとで暫《しばら》く電話しないでいたが、稜からは何度かメールがあっただけで電話はない。

伊崎は、稜がどういうつもりで自分と付き合っているのか疑問を持ち始めてしまう。始まったばかりだ。いつもならラブラブの期間ではないか。仕事が忙しすぎる自分にももちろん責任はあるが、それにしても稜の冷めた態度が伊崎には腹立たしかった。だいたいコンサートとか云って、静岡で小笠原と会うつもりなんじゃないか。

「今日じゃねえか…!」

日付けを確認して、伊崎は思わず声に出していた。

「…どうかしました?」

隣りの席の後輩が遠慮がちに伊崎を見る。

「あ、すまん。何でもな…」

云いかけて、ふと何かを思いついた。

「梶、おまえ今日の三時からの打ち合わせ、ひとりで行ってくれないか?」

「あ、はあ…、いいですけど」

「ほんとか!」

「何か用事でもできたんですか?」

「ああ、そうなんだ」

伊崎は仕事よりプライベートを優先することは滅多になかったが、ここ暫くの仕事三昧を考えればこのくらいは許されるだろう。

「俺、早退することにしたから」

「え、早退？」

「課長には自分で云っとくから。後よろしくな。わからないことあったら、携帯にかけてくれ」

「…わかりました」

ばたばたと席を立つ。

自分がちまちま仕事をしている間に稜が小笠原と会ってるかもしれない。そんなこと絶対に阻止しなければ。

伊崎は会社の前でタクシーを捕まえて、東京駅に急いだ。


先ず、稜の携帯にかけてみたが、電源を切っていた。

「あんの野郎…」

伊崎はますます焦って、とりあえずメールを送る。

静岡に到着するころに、やっと稜から電話がかかってきた。

『祥久？　どうしたの？　何かあった？』

「今どこ？」

『え、今ホール前。ゲネプロの見学させてもらってたんだ』

声が弾んでいるのがわかる。それが余計にむかつく。

「今からそっち行くからそこで待っとけ。タクシー捕まえたらすぐだから」

喋りながらタクシー乗り場に向かう。

『え、すぐって？　祥久、今どこ？』

「駅だよ。五分もあれば着くだろ」

『え、えええ？』

伊崎は車に乗り込むと、携帯を切った。

ホールまでは伊崎の言葉どおり五分程度で、車を降りると彼に気付いた稜が駆け寄ってきた。

「祥久、急に何？　もしかして急に小笠原さんのショスタコ聴きたくなった？」

ごまかすわけでもなく、真顔で聞いてくる。こういうところ、こいつはやっぱり天然なのかも
と伊崎は思った。

「…おまえ、これから小笠原とメシとか云うんじゃないだろうな」

伊崎の突然の言葉に稜は驚いた。

「なんでわかった？」

稜の返事に伊崎は思わず舌打ちする。

「あ、祥久も一緒したい？　それなら小笠原さんに聞いてみ…」

「したいわけねえだろ」

思い切り否定する。稜はきょとんとした。

「それ、断れ」

「え、なんで…」

「…おまえに話があってきたんだ」

真面目な顔で伊崎が云う。稜の顔が緊張を帯びた。

「…わかった。小笠原さんに断りの電話するから、ちょっと待ってくれる？」

強張った表情で云うと、電話をかけた。

伊崎は稜が小笠原に必死で詫びている姿を見ていると、また不機嫌になってしまう。

「あの、ホテルとってるんだけど、そこでいい？」

やっぱり泊まるつもりだったんだと思うと、伊崎は険しい表情になった。

「…ああ」

二人はホテルの部屋に入るまで殆ど口を利かなかった。

伊崎は少々強引すぎたことを反省していたが、それでも稜が素直についてきたことに違和感を感じてはいた。稜は小笠原に関してはミーハーなので、これまでだと彼に会うのを阻止すると何かと文句を云っていたのだ。

部屋は広めのツインルームで、机の上にはノートパソコンが置きっぱなしになっていた。

「何か飲む？」

そういえば、喉がからからだった。

「水がいい」

稜は頷いて冷蔵庫からミネラルウォーターのペットボトルを二本取り出すと、テーブルに置いた。伊崎がボトルを取るよりも先に、稜は立ったままごくごくと飲み干した。

「…話って？」

堅い表情で伊崎を促す。

「何でも云って。覚悟はしてるから」

「覚悟？」

「こんなとこまでわざわざ来たんだもん。よほどのことだろ」

そんな云い方をされると、伊崎は一瞬口ごもってしまう。

「いいよ。云えよ。だいたい予想はついてるけど」

稜はそう云って自虐的な笑みを浮かべた。

「何の予想？」

「俺に云わせるの？　あんたもひどいね」

稜の顔が苦痛に歪んでいた。

「俺と別れたいんだろ？」

「え、ええ？」

伊崎は思わず叫んでいた。

「なんの話だ？　あんた、俺と別れたいの？」

「俺が別れたいわけないだろ。あんたが元彼とやり直したいんじゃないのか」

稜は泣き出しそうに見えた。

「なんでそうなる。俺ら付き合い始めたばかりだろ？」

「…違うの？」

稜が不安そうな顔で聞く。さすがに伊崎も深い溜め息をついた。

このすれ違いはいったい何なんだ。

「おまえさ、俺がまだあいつのこと忘れてないって思ってるのか？」

稜は少し困った顔をした。

「…違う？」

「なんであんたがそう思うのか、俺はそっちにむかつく」

稜は俯いて少し考えていたが、ぽつぽつと話し始めた。

二人が付き合うようになってひと月ほどたったころ、稜は伊崎の寮で元彼に鉢合《はちあ》わせたのだ。

その日は稜は前日から伊崎の部屋に泊まっていた。休日なのに先輩から呼び出しを受けて仕方なく出勤した伊崎の後、そろそろ帰るつもりだった。

伊崎が戻ってきたのかとドアを開けに行くと、そこには見覚えのない男が立っていた。

お互い顔を見合わせて、軽く眉を寄せる。

「…祥久は？」

「あ…、会社に…」

「ああ、また休日出勤か」

顔を見たことはなかったが、相手は元彼に違いないと稜は思った。そして相手も稜と伊崎がどういう関係なのかわかったのだろう。

「…合い鍵返しに来たんだけど」

「え…」

「ま、いいや。やっぱり送った方がよさそうだね」

預かっておくよ、とは稜は云えなかった。自分よりもずっと長いこと伊崎と付き合っていた相手だ。自分よりもずっと伊崎のことをわかっている。そう思うと、気後れしてしまったのだ。

「きみ、祥久と付き合ってるんだろ？」

「あ、まあ…」

「それじゃあ、あいつに云っておいてくれない？　もう電話してくんのやめろって」

「……」

「今の彼氏に疑われて、正直迷惑してんだよね」

その言葉を、稜は疑いもしなかった。

二人が付き合うようになる前、伊崎がどれほどその相手を好きだったのか、稜は何度もそれを知らされてきた。伊崎がまだ相手を忘れられなかったとしても仕方ないと思っていたのだ。

「あんた、それを信じたんだ？」

伊崎のその言葉に、稜は哀しそうに項垂《うなだ》れた。

そんな稜を見て、伊崎ははっとなった。

あの日、タクシーで稜の部屋に初めて行ったあの日。拍子抜けなくらいあっさりと好きだと云われて、彼に意地悪を云ったのだ。そのときに稜は微笑みながら云った。『あんたはどうせ恋人とやり直すつもりなんだろうから』と。

一瞬引っかかったが、明確に否定はしなかった。その必要はないと思ったのだ。

その後付き合うことになったのだから、寄りを戻すつもりなどあるはずないことくらいわかっているとばかり思っていた。

しかし伊崎が否定しなかったことで、まだ元彼に気持ちを残していると稜が思い込んでいたとすれば…。

「…俺はあいつに電話なんてしてない。そもそも寄りを戻すつもりなんて百パーセントない」

伊崎が怒りを押し殺して云った。それを聞いた稜が、はっとして顔を上げる。

「おまえに対する嫌がらせだろう。あいつはときどきそういうガキじみたことする奴だったからな。付き合ってるときはそういうのを可愛いと思ったりもしたけど…」

「…そう、なんだ」

「あんたが自分より男前だからに妬いたんじゃないの」

「ま、まさか。綺麗な人だったよ」

「誰が見てもあんたのが綺麗だろ」

あっさりと云われて稜は耳を疑った。そんな稜の反応に、伊崎は苦笑を浮かべる。

「自覚ないのか？　まさかな」

「なんでまさかだよ」

稜は納得がいかないらしい。

「高校のときは自信満々だったじゃないか」

「…あのときはいろいろ誤解してたんだよ。十代のころって何かと自信過剰だったりするじゃないか」

「あのときより綺麗だと思うよ」

稜は首まで赤くなった。

「揶揄うなよ」

伊崎はそんな稜の反応に、自分が恋人らしいことをろくに云っていなかったことに今更のように気付いた。いい歳をして自分たちは何をやっているんだ。

「あんたは綺麗だし、ちょっと天然っぽいとこも可愛いと思ってるよ」

「天然って、俺がか？」

稜は異論があるらしいが、伊崎は無視した。

「けど、別れてもいいと思ってるのは気に入らねえ」

軽く睨む。稜が目を逸らした。

「…いいとは思ってないけど、祥久がそうしたいんなら仕方ないし…」

「あのさ、そもそもおまえは俺のこと何だと思ってるの？　まさかセフレとか思ってるんじゃねえだろうな？」

「え、違うの?」

伊崎はじろりと稜を睨んで、そしてペットボトルの水を空ける。

「どうりで。どうりで、ドライだと思ったんだ。あんたはその方がいいんだ?」

「よくないよ。いいわけないだろう」

慌てて返す。伊崎はそんな稜をじっと見ていた。

「そりゃ俺もいろいろ誤解させるような態度で悪かったと思ってるよ」

「そんな…。祥久は悪くないよ」

「恋人が不安な気持ちでいることに気付いてない時点で、俺にだって責任はあるだろ。おまえも何でも自分のせいだって思うのやめろよ。俺はとっくに高校のときのおまえを許してるのに、おまえ自身が許せてないんだ」

稜にとってその言葉は目から鱗だった。

「あのときだって、おまえは俺を思ってしてくれたことなんだから、おまえが一方的に悪いわけじゃないんだ」

「……」

「おまえがあのときのことで自分を責め続ける限り、おまえは俺に云いたいことも云えなくなる。そんなんじゃ俺ら続かない。俺はそれでもいいの?」

「…よくない」

稜の返事に伊崎はちょっとほっとした。

「それじゃあ、今後どうすればいいのか、おまえが決めろよ」

「お、俺が？」

「そう。稜がどういう付き合い方がいいのか決めろ。この際俺はそれに従うよ」

伊崎はちょっと突き放したように云う。

「祥久…」

「稜、この際だから、うんとわがまま云えよ。俺は好きな奴には甘えてほしいし、わがまま云ってほしいんだ」

伊崎の目が優しくなっていた。

「おまえがしてほしいことなら、何でもしてやりたいんだ。もっと俺にわがまま云ってよ」

稜の表情が崩れる。そして涙を堪えようと唇を噛みしめる。

「その顔、クるよ」

立ち上がって、稜を抱き寄せる。

「あいつとはもう完全に終わってる。俺にはあんただけだ。高校のころからずっとそうだった」

稜の目が潤んでいるように見えた。

「祥久、キスして…」

稜から甘えてきたのは初めてだ。伊崎は微笑しながら口付ける。

「俺も、祥久だけ…」

「そうだと思った」

泣きそうな顔で稜は笑った。

「俺の恋人になって…」

「もうとっくにそうだと思ってたけど？」

「…改めて、彼氏になって」

伊崎はちょっと考えて答えた。

「条件出してもいい？」

「うん。どんな条件？」

「もっと俺に甘えること。してほしいことは何でも我慢せずに云うこと」

耳元に甘く囁く。

「特にエッチのとき。あんた、なんか無理して抑えてないか？」

稜の身体がびくっと反応した。

「やっぱり」

「…わかってた？」

小さい声で返す。

「何で全部俺に見せてくんないの？」

「だって、嫌われると思ったから…」

「嫌われるほどすごいの？」

「祥久だって知ってるくせに…。俺の高校のときのこと…」

「…リーマンおやじに覚え込まされたってやつか？」

おやじと云っても今の彼らの年齢なのだが、稜はその男から淫乱な自分というのを知らされてしまったと思いこんでいた。

「おまえ、それおかしいだろ！　なんでそれを隠すんだよ。そいつには見せたおまえを、俺には見せないなんて、あり得ないだろ？」

伊崎は本気で怒った。

「そいつには嫌われてもべつによかったけど、祥久には嫌われたくないよ…」

「おまえ、バカだなあ。なんでそんなことで俺が嫌うんだよ」

「…高校のときのこと思い出しちゃうかなって…」

「おまえ、ほんとにバカだ。でも可愛いから許す」

伊崎はそう云うと、もう一度稜にキスをした。

「開演までまだ時間あるよな？」

そう云って、稜のシャツのボタンを外していく。

「え、これから…？」

「今やらないでいつやるの？」

「そうだけど…」

「あ、そうだ。小笠原とはもう会うなよ。コンサートを見に行くのは仕方ないけど、直接会っちゃダメ。それ云いに来たんだ」

稜はそれを聞くと、くすくす笑い出した。

「祥久、小笠原さんが俺を相手にするって思ってる？」

「思ってる。だから会っちゃダメ」

「そんなことあるわけないよ」

「なくても俺が会ってほしくないんだって」

どうやら真面目に云ってるらしい。稜はふっと目を細めた。

「わかった。祥久が嫌なら会わない」

「携帯の番号も消去しとけよ」

笑いながら頷く。

「…なんか、すごく愛されてる気分だよ」

「すごく愛してるから」

伊崎は優しく返して、稜をベッドに誘う。

「稜は俺がスケベで呆れてる？」

稜は黙って首を横に振った。

「もっとやらしくてもいいんだろ？」

「…祥久だったら何でもいい」

伊崎は目を細めて稜の髪をくしゃくしゃと撫でる。

「俺も。稜ならどんなでもいいけど、淫乱だったら尚嬉しい」

そう云って、ちゅっと軽くキスをする。

「んじゃ、今日は稜がやってくれる？　うんとやらしいとこ見せてもらわないと」

「…うん」

「今日は、できないってのはなしね」

稜は躊躇《ためら》いながらも、頷いた。伊崎は満足げに笑う。

「まずはお口でご奉仕してもらおうかな」

そう云って伊崎はベッドの端に腰掛けた。

稜は伊崎の前で床に膝をつくと、彼のベルトを外して股間に顔を埋めた。そしていつも以上に入念に伊崎のものを愛撫する。

稜の舌使いは絶妙だった。卑猥な音をたてて、伊崎のペニスをしゃぶる。

「う…」

伊崎は不覚にも声を上げそうになってしまう。

さんざん舐め尽くすと、プロ並みのディープスロートで伊崎のものを喉で締め付ける。

「す、げ…」

強い刺激に、伊崎は不覚にも稜のフェラでいかされてしまった。

稜は口の中に吐き出された伊崎のものを飲み干す。

「おまえ、すごいな。俺、あんなフェラ初めて」

伊崎の言葉に、稜は思わず目を伏せる。

「…引いてない？」

「なんで引くんだ？　恋人がフェラがうまかったら喜ぶだろ、普通は」

云いながらシャツを脱いでベッドに上がる。

「あんたが誰に教えてもらったのか考えると確かにむかつくけど、それ以上にこれからが楽しみだよ」

にやりと笑うと、稜を手招きする。

「今度は俺がしゃぶってやるから、それ、食べさせて」

「え…」

「膝ついて、俺の顔を跨《また》いで？」

想像するだけで稜は背中がぞくりとする。

「俺のしゃぶってて、勃起させてるんだろ？」

稜はごくりと唾を飲み込むと、躊躇《ちゅうちょ》の末服を脱いで伊崎に跨った。

「俺は何もしないから、自分で動けよ」

云われるままに、稜は自分のペニスを伊崎に咥えさせた。伊崎はペニスの先端を舌でちろちろと舐めてやる。が、それ以上のことは何もしない。焦れた稜がいやらしく自分で腰を使って、伊崎の口の中にゆっくりと打ち付けた。

「は、ぁ…あ、あ！」

恥ずかしいのと気持ちがいいのとで、稜も長くはもたなかった。それでも一度いったくらいで萎えることもなく、二人は体勢を入れ替えてもう一度お互いのものを咥える。

伊崎は稜のペニスを咥えながら、彼の後ろを指でほぐしてやる。

「稜、上にのって…」

伊崎は膝を立てて座ると、その中心で屹立するペニスの上に座るように促す。

「祥久…」

甘えるように名前を呼ぶと、伊崎の上に跨った。後ろ手で体重を支えると、少しずつ自分の中にそれを埋め込んでいく。

「…動いていい？」

伊崎が囁くと、稜は小さく首を振った。

伊崎は稜が息を整えるのを黙って見ていたが、準備ができたと見るやいなやぐいと腰を突き上げた。

「…あ、や、…！」

深いところまで伊崎を感じて、稜はその快感に言葉が出ない。

早い責めに、稜は伊崎の首に手を回して抱きつくような格好になった。伊崎のペニスで中を強く擦られて、その快感に声を上げていた。

「祥久、あ…、もっと…！」

稜はもうショスタコどころではなかった。

それからひと月もしないうちに、伊崎は寮を出て二人で暮らすためにマンションを借りた。

仕事が忙しくなると休日出勤も当たり前になってしまう彼らにとって、同居が一番だと考えたのだ。

数人の友人たちに報告すると、お祝いにとホットプレートをもらった。

「こんなうまい肉、久しぶりに食うよ」

高給取りの伊崎の奢りの肉を焼きながら、稜は心底幸せそうに笑ってみせた。

「これからは毎日うまいもの食わしてやる」

「たまにでいいよ。ここの部屋代高いんだから」

部屋代は稜は三割負担で、その分掃除と洗濯を担当することになっている。

「がっつり買ってきたから、好きなだけ食えよ。残ったら冷凍しとけばいいだろう」

「うん。当分は贅沢できそう」

嬉しそうに云って、旺盛《おうせい》な食欲を見せてどんどん肉を焼いていく。それを微笑ましく見ていた伊崎も、それ以上にどんどん食べる。

「こっちの豚肉もすんげうまい」

稜はそう云うと、伊崎のために新しいビールを冷蔵庫から出してきてやる。

「ああ、それ。鹿児島の黒豚のすげえいいやつ。そこらの豚肉の三倍はするから」

ということは、稜がふだん買う牛肉よりも高い。思わず溜め息をついた。

「祥久、ちゃんと貯金してる？」

「してるさ。ここの部屋代だって半分以上は住宅手当でカバーできるって云ったろ？」

「住宅手当か。大きいとこはそういう手当がしっかりしてるのが羨ましいね」

稜はしみじみと云う。

「けど、あんたは近い将来、経営陣に加わったりできるんだろう？」

「確かにそういう話もなくはないけど。でもそれはそれで、会社が傾いたら負債も一緒に背負うわけだから…」

「万一そうなったら、俺があんたを養ってやるよ」

「祥久…」

稜は焼き肉を焼く手を止めて、じっと伊崎を見る。

「とは云っても、うちの会社だって何が起こるかわからないけどね。絶対に大丈夫と思ってた保険会社やら銀行やらが潰れる世の中だから」

稜の表情がふっと緩んだ。

「…もし祥久がリストラされたら、俺のこと頼ってね」

照れたように小さな声で云う。

そんな稜を見て伊崎は思わず目を細める。そしてテーブルを乗り出すと、ホットプレートごしにキスをした。

「祥久…」

そんなことくらいで稜はすぐ赤くなる。

「可愛いな、あんた」

「可愛いって…」

「早く食っちまいたいよ」

「祥久…」

稜は恥ずかしそうに伊崎を睨む。

「おいおい、もっとやばいだろ、そういう顔は」

「何云ってんだよ。肉、焦《こ》げるだろ」

「いいじゃん、もっとキスさせろ」

稜の隣りに移動して、首の後ろをがっしり摑んで強引に口付けた。

「あ…」

唇を吸って、舌を差し入れる。

伊崎の巧みな舌遣いに、稜は力が抜けたのか彼に体重を預けてくる。それが伊崎には何とも愛おしい。

「祥久、肉が…」

「もうしっかり食ったろ？」

「けど…」

「終わったら、またゆっくり食ったらいい」

そう云って、執拗《しつよう》に稜の唇を味わう。

稜は伊崎のキスにすっかり翻弄されて、シャツの中に入ってくる手を止めることもせずに、夢中でキスに応えていた。

伊崎は稜のシャツを脱がせながら、そのままカーペットに押し倒す。

ホットプレートのスイッチをきっちり切ると、伊崎はキスをしながら指で稜の乳首を愛撫し始めた。軽く摘んでこりこりと撫でる。敏感な先端がぷっくりと膨れる。

硬くなった先端を今度は舌で突くと、稜の背中がのけ反った。

「あ…」

掠れた声は伊崎を誘っているようだ。

執拗に乳首を責められて、稜の中心はすっかり熱くなっている。

思わず自分でそこを扱こうとした稜の手を、伊崎が遮った。

「ダメだよ。自分でやっちゃあ」

意地悪く微笑みながら云う。

稜は眉を寄せて、小さく首を横に振った。

伊崎は稜の両手を押さえつけて自由を奪うと、乳首を舐めていた舌をゆっくりと移動させる。

「祥久…」

焦れったさに、稜は思わず腰を捩る。そして片膝を立てていた脚をずらして、勃起したのがジーンズごしにわかるほどきくつなっているそこを見せる。

伊崎はうっすらと口元で笑うと、一気に下着ごとジーンズを脱がせた。解放された稜のペニスが、ぷるぷると震えている。

「さっきみたいに脚開いて誘えよ」

そんなふうに云われると、途端に恥ずかしくなってくる。それでもこのままだと生殺し状態にされるのは稜ももうわかっていた。

ぎゅっと目を閉じて、おずおずと脚を開いてそこを伊崎に晒《さら》す。

「もう、先がぬるぬるになってるね」

「祥久ぁ…」

稜は甘えるような声で伊崎を呼ぶ。

伊崎はふっと微笑すると、苦しそうに震えるペニスには触れずにその奥に指を埋めた。

「あ、なんで…」

「あれ、違った？　こっち、ひくひくしてて欲しそうにしてたから」

云いながら、埋めた指をくちゅくちゅと動かす。

「あ、は…ぁ…」

「気持ちいい？」

稜はこくこくと頷いた。が、それだけでは足りないのだ。

「ま、前も…」

「前？　具体的に云ってよ」

指を二本に増やして稜の中を弄りながら、いやらしく微笑んだ。

「…フェラして。そこ、しゃぶって…」

稜が懇願する。

伊崎は指で後ろを弄りながら、稜のペニスをしゃぶってやる。

前後の愛撫に、稜はすぐ堪えきれなくなる。

しかし、いきそうになる前に、伊崎は指を引き抜いた。

「え…」

明らかに落胆した声に、伊崎は笑みを洩らす。

「もっといいものあげるから」

そう云うと、伊崎は自分の硬くなったものを取り出して、テーブル上のオリーブオイルをそこにぬりたくった。

「あ、絨毯が汚れる…」

「大丈夫。クッション当ててるから」

ということは、クッションが犠牲になるということだ。そんなことを稜が考えていると、片足を抱え上げられて、うしろに伊崎の硬く勃起したものが押し当てられた。

「あ、や…」

洩れそうな声に、慌てて口を手で抑えた。

「…我慢しなくていいよ」

伊崎はそう云ってくすりと笑う。

「ここの防音はしっかりしてるから」

云うなり、ぐいと腰を進めた。

「ん…っく…!」

稜の殺した声が伊崎にだけ聞こえる。

「けど、そういうのも悪くない」

両手で口を塞《ふさ》いで苦しそうに自分を見上げる稜は、それはもう素晴らしく色っぽいのだ。

「あ、祥久…」

伊崎は何度も自分のもので稜の中を擦る。稜の内部の壁が自分のペニスにからみついて、お互いの快感を煽る。

稜が何度も欲情した大きな筋張った手で、彼の身体中を撫で回してやる。それだけで稜の中心は簡単に反応してたちまち勃起してしまう。

「祥久…」

稜は全身で伊崎に快感を伝えてくる。そんな彼が伊崎はたまらなく愛しい。

稜はもう何も伊崎に隠そうとはしなかった。

好きで好きでたまらないほど好きな男に自分のすべてを曝《さら》け出す感覚が、怖いほどの緊張と同時に強い快感をもたらしてくれることを、伊崎が稜に教えたのだ。

たぶん、稜は伊崎が要求することならどんなことでもすべて受け入れてくれるだろう。伊崎にはそんな予感があった。そしてもちろんそれは自分も同様だった。

伊崎の動きが速くなって、奥深く打ち付けられるたびに、稜は声を上げる。

「気持ちいい？」

伊崎の言葉に、何度も頷く。

「中で、出していい？」

稜は一瞬の躊躇の後、やっぱり頷いた。

「後ですぐに掻き出してやるからな」

その情景を想像したのか、稜は身体を震わせる。

「…あんた、本当にやーらしいな」

意地悪く囁くと、稜のペニスを摑む。

「一緒にいこう、な？」

稜の耳たぶを軽く齧って、更に腰を使う。

「あ、あ、あぁ…！」

伊崎は巧みにタイミングを合わせると、二人は同時に射精した。

「は、あ…」

中に伊崎が放ったものを感じて、稜がぞくっと震える。

口を覆った手を解いてやると、伊崎は稜に口付けた。

「稜、すごいよかった」

「あ、俺も…」

掠れた声で云う。

伊崎は満足げに笑うと、稜を抱き上げてバスルームに運んだ。

「あ、祥久…、自分でやるから…」

ひと月足らずで部屋を探したせいで、バスルームはあまり広くない。

伊崎は稜の言葉を無視して、シャワーの栓を捻《ひね》る。

「…やっぱり風呂は広いとこにしたかったな」

囁くと、オイルや精液で汚れた稜の下半身にシャワーの湯をかけてやる。

「二人で入れる広さのバスタブがいい」

そう云って、大きな掌で稜の身体を擦ると、後ろに指を入れた。

「あ…、ダメ…」

稜は慌てて身体を捩る。しかし伊崎は気にせず続けた。

シャワーを当てて、自分が中で出したものを掻き出す。

「じ、自分でやるって…」

伊崎はふと考えて、指を抜いた。

「んじゃ、どうぞ」

伊崎は身体を密着させたまま、シャワーヘッドを稜に渡した。

「え…」

「見ててやるから、自分でやって？」

稜はたちまち真っ赤になった。

「祥久…」

「ほら、早くしないと。ちゃんと出しておかないと後で大変なんだろ？」

「よ、祥久は出ててよ…」

「稜がぶっ倒れたら心配だから、ここでちゃんと支えててやるよ」

にやにや笑って返す。稜は唇を噛んだ。

それでも、稜は伊崎に従ってしまうのだ。

シャワーの湯を当てながら、恐る恐る指を自分の中に入れる。

「そうそう。ちゃんとしっかり掻き出すんだよ」

もう稜は自分で何をしているのかわからない。

自分で指を抜き差しするのをすべて伊崎に見られてしまっている。たまらなく恥ずかしいのだが、それだけ快感も強かった。

「稜、あんたまた硬くしてるんじゃないの？」

云うなり、稜のペニスを握る。

「さっきいったばかりのくせに、また欲しいの…？」

そんな言葉に更に硬くなる。

「…俺の、また使えるようにしてくれる？」

稜が持っているシャワーを自分の股間にかけさせる。

「あんたの口でさ」

稜は云われるままに狭いバスタブに跪《ひざまず》くと、目の前の伊崎のペニスに舌を這わせた。

もう、彼の言いなりだった。

伊崎はタフで何度も稜を求める。テクニックも持久力も稜がかつて体験したことがないレベルだった。

稜はそんな彼に翻弄されながらも、こうしていることに無常の悦びを感じていた。

あとがき

「夏の残像」が雑誌掲載された翌年に「ラ・フォル・ジュルネ・オ・ジャポン」が東京で開催されました。

第一回目のテーマはベートーベン、敬愛する諏訪内晶子さんも出演されるということで、これは見逃すわけにはいかないと上京しました。

フランスの雰囲気いっぱいの会場で、朝の十時からピアノ三重奏を楽しんだのを皮切りに、ヴァイオリンソナタ、ピアノコンチェルト、ヴァイオリンコンチェルト、シンフォニー、ミサソレ…と、あちこちの会場をハシゴしてベートーベンを心ゆくまで楽しみました。素晴らしい体験でした。

しかし「夏の残像」を書いたときは、まさか「ラ・フォル・ジュルネ」が日本で開催されるとは想像もしていなかったです。

作中に出てくる音楽祭のモデルにしたのは、フランスで開催されたオリジナルの「ラ・フォル・ジュルネ」であるナントの音楽祭です。

今から恐らく十年ほど前、このナントの音楽祭を紹介した番組がＮＨＫで放送されました。ユニークで画期的な試みは非常に印象的で、フランスまで見に行く価値のあるものだと思わせる内容でした。そしてこれを日本で開催するのは無理だとも思っていました。

なので「もし日本であったら」という仮定で「夏の残像」を考えたのですが、まさか日本でも開催される日がくるとは……！

実はその放送は一度見た記憶のみで、最初は開催地をリヨンだと思い込んでいたくらいです。ウロ憶えの記憶でいろいろ調べたのですが、日本での「ラ・フォル・ジュルネ・オ・ジャポン」が開催される前だったせいで資料も殆どなく、ナントであることを突き止めるのがせいぜいでした。

そういうわけで、作中の音楽祭はオリジナルの「ラ・フォル・ジュルネ」、それも始まったばかりの今ほど規模が大きくない頃がモデルなのです。そのため、実行委員会もかなり小規模になっています。

しかも、「パリではなくナントでやったから成功した」という言葉が頭に残っていたせいで、東京ではなく地方都市での開催にしてしまいました……。現実問題としては日本ではやはり東京でしか無理かもしれません。

でもこれはあくまでも「あったらいいな」で始めた物語ですから、何もかも現実的でなくてもいいかなと。ちょっと夢見がちなクラシック好きが妄想したひとつの形ってことでよろしくです。

あ、でも、お話そのものはクラシック音楽とはあんまり関係ないです。イベントの裏方さんたちの奮闘記であり、そこで働くリーマンたちのなかなか進展しない恋愛ものです。いつもどおり。


今回挿絵を引き受けてくださった奥田七緒さん、本当にありがとうございます。奥田さんの関西弁のキャラたちの大ファンです。いろいろご迷惑をかけて申し訳ありませんでした。そしていつもハラハラさせてばかりの担当Kさん、今回も最後まですみませんでした。

最後に、こうして読んでくださっている読者さまへ感謝をこめて。

二〇〇六年七月　義月粧子

追伸。義月プロデュースの祭り囃子編集部の本もよろしく。

Webサイトは、http://www1.odn.ne.jp/matsurib/ です。

CROSS NOVELSをお買い上げいただき
ありがとうございます。
この本を読んだご意見・ご感想をお寄せください。
〒110-8625
東京都台東区東上野4-8-1　笠倉出版社
CROSS NOVELS 編集部
「義月粧子先生」係／「奥田七緒先生」係

CROSS NOVELS

夏の残像

著者
義月粧子

2006年8月24日　初版発行　検印廃止

発行者　笠倉伸夫
発行所　株式会社　笠倉出版社
〒110-8625　東京都台東区東上野4-8-1　笠倉ビル
[営業]TEL　03-3847-1155
FAX　03-3847-1154
[編集]TEL　03-5828-1234
FAX　03-5828-8666
http://www.kasakura.co.jp/
振替口座　00130-9-75686
印刷　株式会社　光邦
装丁　ケンヂ★イトウ
ISBN　4-7730-0326-X
Printed in japan

CROSS NOVELS